沈黙の海嶺《かいれい》

福島佑一
Fukushima Yuichi

風詠社

目次

装幀　２ＤＡＹ

沈黙の海嶺《かいれい》

一

水平線上に半円を浮かした夕陽を、タンカーが隠そうとしていた。

神戸造船所からここ海上自衛隊横須賀地方隊へ回航されるまでセイルに描かれていた艦番号は、就役を前に消され、黒一色となった艦体が、湾内の、重油の滲む海水に浸っている。

幹部実習生として練習潜水艦「はやしお」に初めて乗艦して以来、奈津木《なつき》は「はるしお」などに六度乗艦しているが、今回は初めて艦長として「りゅう型潜水艦」の最新型であるこの「らいりゅう」に乗艦する。

隣には僚艦「おやしお」が錨泊していた。

潜水艦の艦長には通常二等海佐以上が任命されるため、奈津木のように防衛大学校卒業後、潜水艦勤務へ最短の行程を経た自衛官でも、この階級にならなければ艦長になるのは難しい。

突堤から艦の上甲板に至る道板《みちいた》を前にして、二等海佐から与えられる、自衛官なら誰しも憧れる、スクランブルエッグと呼ばれる桜花《おうか》模様の金モールが鍔《つば》表面に附いた帽子に手をやった。

背筋を伸ばして湾内を見回した。

潜水艦救難母艦「ちよだ」の艦上で、出航を前に乗員たちが忙しそうにしているのが見える。

高まる緊張感をなだめるように十一月の潮風が奈津木の頬をひと撫でした。

日没には四〇分ほどあるが艦内に入れば陽光とは無縁となるため、今回の演習期間七日の前にしばし景色の見納めといったところである。

鞄を持つ左腕をさすって奈津木は道板《みちいた》を渡った。

自衛艦の出航時刻は〇八：〇〇が多いが、潜水艦の場合行動の隠密性もあって出航時刻もまちまちで、今回は二〇：〇〇となっている。

発令所に降りた。

発令所の右舷側、ナビゲーション・セクションには航法設定のための、左舷側、ダイビング・セクションには潜航、浮上のための機器が装備され、ダイビング・セクションには、バラスト・タンクに海水を入れるベント弁の開閉状態や反対に海水を押し出すブロー状態を表示するバラスト・コントロール・パネル、通称バラコンが設置されているのは従来の潜水艦と変わりない。

しかしコンピュータ化が進んで、バラコンよりも艦首寄りに位置するジョイ・スティック・パネルを前にして、第1スタンド、第2スタンドと呼ばれて並ぶ二座席がそれぞれ占める、油圧手《ゆあつて》といわれる操舵員は一人になり、油圧手の呼称も「潜航管制員」となった。

潜航管制員飯塚一等海曹、発令所で待機していたこの直の担当哨戒直長今西一等海尉と敬礼を交わし、奈津木は鞄から演習計画表を取り出して二人に手渡した。代わりに今西から渡された、艦内の各種バルブ、パイプ継手、ベントなど約三二〇〇の点検箇所の「チェック・オフ・リスト」、通称ビルに目を通していると、

「よろしかったら……。艦長どの」

自分のも手にしながら先任伍長佐荏田《さえだ》曹長がコーヒーを持ってきた。奈津木は小さな苦笑いを禁じえなかった。

佐荏田は、奈津木が潜水艦幹部乗艦実習の最終課程を履修した潜水艦「まきしお」で、奈津木の執る潜航や浮上の指揮を、それまでとは打って変わって努めて要点だけを補佐し

て見守った、奈津木にとっては越えねばならない潜水艦の生き字引のような存在だった。

「まきしお」での課程を無事終了して帰港し、『資格認定試験もまずまずパスしたと思える。ひと月ほどで、世界の海軍に通じる金色の士官用潜水艦徽章、ドルフィン・マークのバッジが胸に付く筈だ』などと考えながら帰り支度を整えて上甲板に出た奈津木に向かって、

「実習幹部、脱出筒《とう》の調子が今いちなんです」

上甲板前後にある脱出筒のうち艦首の方を四、五人の若い隊員たちと囲んでいた佐茌田が叫んだ。

近づいて奈津木が脱出筒を覗こうとすると、

「持ちましょう」

若い隊員の一人がいった。主に下着の入ったバッグを渡すと、

「大事なもんなんだから濡らしたりすんなよ」

佐茌田がいったと同時に残りの隊員たちが奈津木の両手両足を抱えて、佐茌田の号する、

「いいいち、にいいのう、さああん」の掛け声に合わせて奈津木の体を海面に放り投げた。

慌てて水面に顔だけ出した奈津木に、

「お荷物ここに置いときます。おめえらこうゆうことすんなよなあ」

他の若い艦員たちは、

「全過程終了っ」

「おめでとうございまーす」

言って敬礼をしたのち拍手をした。佐荏田を中心とした潜水艦乗組員恒例の祝事を思い出したからである。

「――どのはもうつけないでください」

「くださいもうつけちゃあいけません」

奈津木が飲み終わるのを待って佐荏田は手を伸べ、空のカップを受け取った。

二、三日の短期航海を除き、三直六時間交代で構成されている哨戒直の第一直は通常〇六：〇〇から始まる。現在二直の勤務で、そろそろ三直に交代する時刻である。
発令所周りの照明が白から赤に変わった。日没になった。

「らいりゅう」から二十四時間表示のクロノ・メーターもデジタル化して、文字盤は16：32となっていた。

三直の直長で艦の副長でもある船務長の島野一等海尉始め、機関長やその長付きが、交代時刻の一八：〇〇の五分ほど前に発令所に来た。敬礼を交わして、今西は島野に演習計画表を渡し、島野は、集まった各科の長や長付きに配った。

潜水艦の演習計画についてはその期間と乗員名を除いて、艦長でも出航の一週間前まで知らされていないことが多い。

島野が口を開いた。

「出航時刻の変更はなく本日十一月二十日二〇《ふたまる》：二〇《ふたまる》。潜航点は北緯三三度一二分、東経一三八度一二分。潜航予定時刻は、明けて十一月二十一日〇〇《まるまる》：四〇《よんまる》。担当は一直になりますね」

航路を始め水上航走速度、潜航点、俯角、潜航深度、潜航速度、仰角、浮上点など計画表に沿って艦長が指揮を執るのだが、実際は殆んど当直哨戒長又はその長付きの指示で艦は動く。

「出港用意。総員配置っ」。島野の声が艦内通信系で各部署に伝わった。

甲板上で、出港担当の立てる靴音や、舫《もや》い綱を解いて索具を所定箇所に収める音が発令所に伝わってくる。

艦橋に上がった島野の声が、発令所に伝わった。

「発令所、艦橋。出港準備完了しました」

「艦橋、発令所。了解しました」

続けて島野は発した。

「出港っ」

艦は離岸し始めた。

「らいりゅう」には今回の五十八名の乗員の殆どが三度乗艦している。七日間の演習はこの艦の最終チェックの意味合いが強い。

従来のディーゼル・エンジンに代わって「あさしお」に初めて、「そうりゅう」にはその改良型、更に改良が加えられてこの艦に搭載されたスターリング・エンジンの静粛性は高く、一部乗員の生活にも流用できるが、エンジン可動用に積み込まれた液体酸素の消費量も少なくなり、水中低速航行は二週間以上可能である。

「お客さん。潜水艦乗りでしょ」

横須賀を始め潜水艦基地周辺のバーのマダムやタクシーの運転手に看破られるもととなる、潜水艦に十日も乗ると体に染み付いて、上陸後も一週間は消えない、乗員の体臭や食べ物の残り滓、或いは汚物やエンジンの潤滑油などの臭い、いわゆるディーゼル・スメルも、換気性能の向上とともに格段に少なくなっている。

艦体後方から見た縦横舵の形状は従来の＋形から×形になり、それまで主流の五枚のプロペラも七枚の薙刀《なぎなた》状のスキュード・プロペラとなって、潜航管制員にとっては、充分なパワーとともに操艦性は驚くほど高くなった。

斜傾角を作っての潜航浮上は、それまでのジョイ・スティックに代わってオペレーション・デスクに設置されるようになったサイド・スティックのほぼ操作通りである。

実験の機会は先ずないと考えられるが、予め録音しておいた本艦のスクリュー音を発する囮《おとり》魚雷デコイを放ったのち、二〇度程の仰角を作って一気のドルフィン浮上は、ホーミング魚雷の追跡を一度は躱《かわ》せるかも知れない、と乗員たちは思っていた。

水上航走の場合、潜航点へはナビシステムが誘導する。しかし潜水艦の持つ形状のため、水上航走においても風を始め、潮流速度や波高などの波浪状況、また水密度の影響による進路変化は水上艦よりも大きいため、絶えず微妙な操艦が必要である。

GPSの使えない水中航走ではなおさらだが、最近のジャイロ・レピーターとログ艦底管の性能の向上に伴い、水中での艦位測定は海図から大きく外れることはなくなっている。

しかし出港時や、国籍不明艦の追跡の場合など、アクティブ・ソナーを使えない状態では、操艦を指揮する担当哨戒直、サイド・スティックを握る潜航管制員、機関室で指揮を執る機関長は息を合わせる。


原速十二ノットの水上航走でダイブ・ポイントに到着する計画である。

特に不審船も見当たらず三時間ほどで艦は浦賀水道を抜けた。

水上航走は続き、十一月二十一日〇〇：〇〇哨戒直は一に戻った。

担当直は食事をもって交代するため、引き継ぎのあと、尉官は士官用食堂へ、他は科員室へ向かった。

一直哨戒長柳下《やぎした》一等海尉が中心となって潜航準備が進められた。

各区画の乗員が点検して艦内通信系で発令所に「異状なし」が報告された。そののち、資格認定された潜水艦幹部がもう一度チェックしてから発令所に来て、担当区画の表に「済」を表示した。潜水艦は常にダブルチェック体制である。

潜航時刻が近づいた。

艦橋に昇った柳下から、

「発令所、艦橋。合戦準備っ」と伝えられた。

すでにチェックを確認している奈津木は一直の長付《ちょうつき》田沢二等海曹に、チェック済を艦橋に伝えるよう促した。

「艦橋、発令所。合戦準備完了しました」

常に単独で行動する潜水艦では、遭遇する場面に応じた「戦闘用意」という言葉は使わない。攻撃態勢は最初に潜航した時点から帰港するまで保つという考えのもと、潜航開始時を起点として「合戦」になるのである。

十一月二十一日〇〇：四〇艦は、潜航点伊豆半島沖北緯三三度一二分東経一三八度一二分にあと一分のところにきた。

艦橋では柳下が幹部実習生に、灯台や夜間僅かに視認できる山や街の灯などをもとに「ベアリング」と呼ばれる艦位測定をさせている。

潜航警報がいつ鳴っても二人なら一〇秒とかからずに発令所に降りてくる筈である。

発令所で一つ息を吐いた奈津木は、潜航管制員に令した。

「俯角五度、潜望鏡深度。潜航せよ」

「艦橋、発令所。潜航っ。潜航っ」

「発令所、艦橋。了解しました」

潜航の時は当直の哨戒長が最後に艦橋から艦内に入り、艦橋ハッチを締めるのが役割となっている。

艦橋で、柳下は潜行警報のレバーに手を掛けた。

警報二声が鋭く艦内に鳴り渡った。

まもなくして昇降筒から幹部実習生榎田《えのきだ》二等海尉が艦内に落ちてきた。

重くて頑丈な艦橋ハッチを開けるときに便利なスプリングは閉めるときは邪魔で、ハッチに留め金をかける力加減と要領が必要なうえ、緊締金物で確実に固定しなければならない。が、柳下は手早くすませて榎田に続いて昇降筒から降りてきた。コントロール・パネル上の「開」表示が「鎖」になった。

発令所に来るなり柳下は奈津木に、

「すなおなもんすよこの度の幹部実習生は、――。まったくの『きくにんぎょう』です」

榎田は訝しげな目で辺りを見回した。しかしその視線の先は周りの乗員の目というよりも、発令所のそこかしこに貼りついているメーターや機器類を捉えていた。

周りの一人が加えた。

「解ってんのか解ってないのか、質問もろくにしないで、ただ聞いてるだけの人形みたいってことですよ」

柳下がいった。

「ベント開け」

潜航管制員田浦が復唱した。

「ベント開けっ」

月光を受けて黒光りする海面に亀裂を入れて、艦は舳先《へさき》を下げていった。

潜航では、艦上部に数箇所設けられたベント弁を開き、艦底部のフラッド・ポートからバラスト・タンクに海水を入れるのだが、そのときの水音をできるだけ小さくするのも潜航管制員の腕の見せ所である。原速を維持しながら、俯角五度をつけて艦は沈降していった。

「ベント全開」

「ベント全開っ」

艦は更に沈降した。

「潜望鏡深度」

「潜望鏡深度っ」

潜望鏡深度といっても「らいりゅう」には、従来の上甲板を境にして発令所が上下させる貫通型の潜望鏡は装備されていない。代わりに上甲板には、潜望鏡マストの直径の半分以下のホトニック・マストと呼ばれる柱が設置され、頭部にデジタルカメラレンズがついている、それ自体は上下しない非貫通型の潜望鏡となっている。

「そうりゅう」から装備されるようになったこの非貫通型潜望鏡は、レンズで捉えた画像は発令所のディスプレイ・パネルで見るようになっている。

パネルをタッチすればレンズも回り三六〇度の画像を見ることができる。

各区画や機関室からの連絡は特にないが、操艦状態を掴もうとパネルを見ながら奈津木たちも五感を澄ませた。

「トリムよろし」機関士から発令所に報告があった。

「ゼロ・バブルです」。泡式《あわしき》水準器の泡が真中で落ち着き、潜望鏡深度で艦は水平になった。

「一直《いっちょく》ほど休む」

奈津木は柳下にいった。榎田には、

「実習幹部。何でも勉強したいって気持ちは解るが、休むことも大事だ。明日の対空訓練に備えておけ。

睡眠も仕事の一つだ」、「……と、シラバスは受け取ってるな」

「はっ。乗艦時に直長からいただきました」

潜水艦幹部実習生は乗艦実習に際して、シラバスといわれる、三尉以上の海上自衛官として必要な特技と知識についての教義書を手渡される。

航海中はその内容をもとに直長や先任伍長から質問され、回答は艦長から隊司令を経て海幕人事課に報告されるため、また、「接尾語」と称される資格免許等を含む内容もあり、休憩時にはそれらの質問のための準備が要求される。

榎田は、睡眠時間は直に合わせて六時間と決め、あとはたとえ字面を追うだけにせよシラバスに目を通したり、艦内研修を書き留めることに使った。

今回の演習計画には哨戒機を交えての夜間訓練は含まれていないため、対空訓練は日昇から日没までである。

しかし奈津木始め乗組員たちは、哨戒機からの避逃、潜航訓練には自信を持っていた。

それは約八〇機あるP―3Cプロペラ哨戒機が随時P―1ジェット機に代えられる予定で、今回はそのジェット哨戒機による最初の訓練であると知らされていたからである。
「機体はたっけえし、油代も三倍掛かるってよ。ジェットとプロペラ半々にすりゃいいんだよ」は、大方の曹士たちの意見であった。
固定翼プロペラ機は平均時速三五〇キロ前後で飛行して哨区を監視するが、ジェット機になると目的点には速く到達でき、また哨戒範囲も広くなるが、速度を落としてもP―3Cの倍ほどになり、潜水艦らしきを発見したと思ったときには通り過ぎていたということにもなりかねない、高速移動のP―1の乗員には海上目視が難しい筈と考えられるからである。
いきおいP―1はレーダー探索に頼らざるを得ず、不用意に探査電波を発信すれば潜水艦の方でもそれをキャッチして哨戒機の位置を察知することができる。従って哨戒機側ではソノブイを投下したのち随時発音弾を投下し、その炸裂音の反響で潜水艦の位置を測定する訓練のみとなる筈と奈津木たちは想定していた。

二

「かちゃっ」

発令所で、当直の潜航管制員、田浦一等海曹がいった。

そばにいた次直の潜航管制員、飯塚一等海曹が応えた。

「古いんだよなあ。そのいいかた」

海上自衛隊では、日本列島の沿岸から外海へ二五〇キロほどまでの海域を第一区、列島から遠ざかるに従って第二区、三区と区域が定められ、東経一七五度以東、北緯一二度以南の全海域を第四区として、第四区へ行くほど高くなる航海手当が乗員に支給される。

艦船勤務になると、艦が碇泊したままで実航がなくても乗組手当は付与されるが、出航すると支給される航海手当の日額は階級によっても差があり、幕僚監部室勤務の佐官たちも艦船勤務への異動を心待ちにするほどである。潜水艦の場合十五日以上の航海で支給される潜航手当ては、乗艦する前から乗員たちは使い道を考えるものである。

今、艦が第一区を通過したと想定できる、今回の潜行点に重なるような北緯三三度、東経一四二度の時点で、タクシーのメーターになぞらえ田浦一等海曹が「かちゃ」といったのである。

十一月二十一日〇八：三〇。担当は二直に代わって、直長付日野二等海尉がクロノ・メーターで時刻を確認し通信士に伝えた。

「ターゲット・サービス発信」

「ターゲット・サービス発信了解しました。指定周波数、出力一キロワット、発信三秒、一秒おき三回」

「らいりゅう」は哨戒機に対し、かねて打ち合わせの周波数と出力の電波すなわちターゲット・サービスを発信した。

哨戒機、哨戒機基地はこれをキャッチして哨戒が始まる。ここから本格的な訓練となり、哨戒機に発見、追尾されないように水中水上の警戒をしながら計画に沿って航走し、不審船の発見、商船の航行状況などの把握に努めるのである。艦には航跡自画装置が装備されているので、工作船でも発見しない限り航行は計画通りに進む。

発令所後方にある海図台に目をやりながら、ヘッドホンを半掛けした海図員の保志山《ほしやま》一

等海曹が、発令所に戻ってきている奈津木に、

「艦長、通信室から。速度差五ノットで先行併走する一〇〇トン級の漁船に、第三管区の海保本部から船名を尋ねる無線が何度も発信されているとのことです。今のところ漁船からの応答はないとのことです」

奈津木は艦内通信系を使ってソナー・マンに訊いた。

「推進機は二基で、一基六〇〇馬力程度と推測できます」

「一〇〇トン級で二軸か。妥当な馬力だな」

日本海域に侵入する外国からの工作船は普通四軸つまりエンジンを四基搭載していることが多く、追跡された場合、船体に無理が掛かるのを承知でフル・パワーで避逃する。エンジン出力も一基五〇〇馬力を超え、合計二〇〇〇馬力、時速八五キロ以上のスピードで疾走することが可能なので、搭載推進機数を知ることは重要である。

「艦長、漁船から海保への返信がありました。確かお笑いタレントの名前ですね」

「これか」

パネルを見ながら奈津木はタッチして画像を拡大した。

「識別票はHG—1か。兵庫の一級漁船のようだ。……装備も特に問題なさそうだ。第三

管区はこのところやたら神経質になってるな」

念のため奈津木はソナー・マンに訊こうとする前に、

「発令所、ソナー・マン。二軸とも同回転です」

操船にはそれなりの技術が必要であるが、二軸のエンジンを持つ工作船などは、潜水艦対策のため二つのエンジンの回転数をずらして、あたかも二隻の船が並走しているように見せかけることがあるため、ソナー・マンからつけ加えられた。


艦は熊野灘沖へと南下を続けた。

発令所から艦首へ向かっての一室、通信室からの報が発令所に入った。

「アマチュア無線サブチャンネルからの電波をキャッチしたんですが……。方位は艦左正《せい》横《おう》、距離は二海里ほどです。感度は良好でメリット4《フォー》で安定してます。女性の声でエマージェンシーが繰り返されていますが――」

「内容を手短に掴んでくれ」

「無線機は何とか生きているようですが、船体は自力でコントロールできないようです。携帯を持ってないか、水でも被って故障してるかですね」

「民間のクルーザーあたりか」

「NC旗、黒球も見えません」

小型船舶に搭載義務のあるNC旗は船舶の国際信号旗で、N（NO）とC（YES）を意味する旗を二枚続けて掲揚することで、又、黒球は直径五〇センチ程の風船状の黒い球でこれを二つ掲げることで、いずれも当該船が遭難して救助が必要であることを意味する。

こちらから電波を出せば哨戒機に艦位が知られてしまう。しかし実際、遭難船だとすると、現場付近を航行する自衛艦として放っておくわけにはいかない。

「携帯で海保に連絡して救助に向かわせるのが一番か。通信士、携帯の電波は発信できるはずだが」

「携帯用モジュラー・ジャックはあります。発信はこの深度では余裕ですが、ターゲット・サービスから二分ほど経ってます。哨戒機がそろそろワン・スイープかけてくると思いますが――」

「とりあえず艦長名で一一八番――」

「自分の携帯でやってみます。遭難船の船位と発信周波数を伝えればよろしいですね」

一一八番は海上保安庁直通、いわゆる海の一一〇番である。

その間途切れ途切れに遭難船からの無線が届いた。

「浸水が激しくなりました。なんとか救命ボートが膨らみましたので……。乗り移ります。……四人とも……。寒いですが無事です。無線機《リグ》が水浸しで……。発信できているのかどうか……」

「あとは海保に任せよう」

奈津木が潜航管制員に令した。

「深度二〇メートル」

「深度二〇メートルっ」

「メインテインスピード」

「メインテインスピードっ」

同時に、遭難船からの無線を傍受した。

「海上保安庁からの無線が入りました。哨戒中のヘリコプターを向かわせるそうです。五、六分でこちらに到着するそうです。助かったと思います。

どなたか存じませんが、本船の無線をキャッチして救助を依頼してくれた方、どうもありがとうございます。どうもありがとうございます。……」

その声も終わるかどうかのときに艦の深度が増したため電波は届かなくなった。

艦は独立した一個隊となった。

三

「実習幹部。艦にまだ慣れてないようですね」

発令所後方の作図台を見ていた先任伍長の佐茬田が、額《ひたい》を赤くして発令所に来た榎田を見ていった。

潜水艦に限らず、自衛艦の隙間の狭い二段、三段ベッドの下で寝る乗員は、勢いよく起きると上の段の下に頭をぶつけることがよくあるため、隊員の中には防大入学から、起床するときは体を転がせて寝床の外に出てから起きる練習をする者もいる。

出港の指揮官でもあった三直の直長島野一等海尉が榎田にいった。

「実習幹部。計画通りだと、次の潜航の指揮は実習幹部になるが……」

「はっ。頑張ります」

榎田は佐荏田と島野を交互に、しかしその背後を見ているような目でいった。

熊野灘を過ぎた艦は計画に沿って紀伊水道をくぐり、更に南下する航路を辿った。

ここまでスターリング・エンジンには特段の不調は見られず充電も順調で、深度二〇メートルに行くまで、また水密度が高くなることによる負荷の増加、潮流の変化に対応しての水中航走でも、艦の最大充電量二〇〇のうち大体一九〇を保っている。

十一月二十一日一三：四〇。

「深度一〇〇メートルまで二〇メートル潜航ごとに原速水平航走一〇分」

演習計画を確認するように担当哨戒直長付の大田原一尉がいった。

「深度四〇メートルっ」

潜航管制員の井村一曹が応えた。

現在深度二〇メートルである。水平のまま二分ほど掛けて艦は深度四〇メートルに沈降した。そこから一〇分水平航走。そして二〇メートル沈降、と繰り返すと、二〇メートル沈降には約二分かかるため、水深一〇〇メートルに至るまで四〇分程かかる。その間、原速十二ノットの航走で艦は約一五キロメートル進航した。

そこから原速八時間ほどでおよそ北緯二九・三度東経一三〇・二度、薩南諸島は吐噶喇《トカラ》列島の東約四〇キロに到達する。

計画では吐噶喇《トカラ》列島を抜けて東シナ海に出たのち、海峡の深いところで主に耐圧性能を公試する。そののち沖縄を反時計に周り、再度薩南諸島海域に入る。

行きの薩南諸島へ入るときは北上する黒潮を横切ることになり、東シナ海へ抜けたのち沖縄を左周回するときは向い潮で進航にかなりの負荷が掛かるため、原速維持のためのバッテリー消費量を知るにも、操艦性を見るにも適した航路である。

薩南諸島北部吐噶喇《トカラ》列島付近の水深は約八〇〇メートル以深で、海裂は多く鋭いが潮流は緩やかなことから潜水艦の耐圧試験によく使われる海域である。

艦内気圧は深度に関係なく常に一気圧である。しかし各種バルブ、継ぎ手、加圧ポンプの動作確認、温湿度の均一性などの点検が始まった。

艦が深度一〇〇メートルに沈降して水平航走に移ってまもなく、榎田は機関室までの点検を機関士前橋二等海曹とともに命じられた。

前橋に従って、始めに食堂に隣接されている調理室に入った。調理場の熱源はＩＨ化されて火災の原因は軽減されたが、調理熱により、室内温度が他の部所と異なることが多く、細かい部分の点検が要求される。

担当は三直だが、作業帽に2と縫い付けのあることで判る二直の若い海士が給養員を手伝っていた。

「この芋、鼠が食ったようなあとがあるんでやんの。どうしてっすかね」

「鼠が食う前に食っとかんからよ」

「お邪魔しまあす。重要作業の最中だと思いますが点検に来ました」

前橋と榎田は調理室内にもいたるところに這わせてある電線、パイプと、継ぎ手に目を遣って、リストにレ点を入れていった。

終わって退室しようとしたとき給養員が、

「ひと息入れなさいよ。――」

前橋たちの作業の間に作らせて、テーブルに置いておいたコーヒーを目で指した。

「いただきます」。殆ど二人同時にいった。前橋は、

「せっかくだ。ゆっくり飲もう。点検のほうも確実に、だ」

榎田はひと口ひと口、噛むように飲んだ。

コーヒーで温まる右手の人差し指を曲げ伸ばしして、榎田は指先まで伝わる神経を確認した。

防大名物棒倒しのときに折ったその指は三年ほど経った今でも思うように動かない。

毎年十一月に催される防大恒例の棒倒しは計四隊、一隊約一五〇名で編成される。一隊の半分が攻撃と守備に分けられ、通常の教務の間を縫って、作戦と訓練は一年前から始められる。

防衛大臣等の来賓始め各将官たちが見守るなか、棒を直接支える役だった榎田は次々と背中に載ってくる敵方の学生たちの体重に耐えていたが、三、四人がまとめて榎田の背中に圧《の》し掛かってきたとき手は棒から離され、地面に顎からぶつかったと同時に手も突き、踏まれて人差し指を折った。

その時痛みは大して感じなかったが、競技が終わり、折れて反《そ》った指を見てから徐々に痛みは増し、用意の救急車に駆け込んだ。

『結構痛いな……』

苦痛で顔が歪まないよう冷静な表情を保っていると、背中を悪寒が襲ってきた。それでも表情を変えずにいると額が冷たくなってきた。

「大丈夫か。真っ青だぞっ」

同僚の怒鳴るような声に頷くのがやっとだった。

そのとき榎田は、防大入学直後に遭った、二日ほど寝られなかった原因不明の腸閉塞の痛みを思い出した。

『人が歩くときの振動は勿論、音さえ痛く感じた、あの、ろくに息もできなかった痛みに較べればこんなのは飼っといてもいいぐらいだ』

『どうせ時間の問題だ。続いても半年ほどか。指の骨折なんかで死ぬわけじゃなし……。要するに生きてるってことだ』

『何に対しても興味の湧かない自分だ。痛みに対しても……』

今日の指の動きはいつもより柔らかく、指先を左手で反らしても痛みは殆ど感じられなかった。

調理室を抜けて榎田たちは、艦後部電池室のある第三防水区画底部へと向かった。

艦内は無機質なものばかりが続き、これまでの潜水艦に較べてかなり少なくなったとはいえ、油の臭いが鼻に纏わりつくなかで、今回の航海では榎田は意識して食べ物、飲み物のひとつ一つに重々しい意味を感じて口にするようにした。

『さっきのコーヒーはブラックだったが、もっと苦味があってもよかったかな。――』

四

深度一〇〇メートルで水平航走になって間もなく、外殻《がいこく》から伝わってくる波擦《なみす》り音は殆どなくなり、床から足裏に伝わるエンジンの振動が的確なものになってきた。

呉や江田島の海自敷地内に散らばる各訓練施設で学んだことが艦内で集合的に再現されているのを見て、榎田は呟いた。

『……やっと潜水艦らしくなってきたな。――』

『国がどんな法案を考え、それがどのように自衛隊を動かすかは解らないが、この時期実戦を伴う不測の事態など発生する訳はない。局地戦を担う陸自と違って特に海自では――。非常訓練に手間取らなければ航程は順調に進む筈だ。いつ命令されるかはわからないが、潜訓で経験した火災訓練と防水訓練は、艦内では曹士任せである。実習幹部は艦内の「現場」に駆けつけ、その状況を発令所に報告するだけでよい』

訓練担当曹士のうち誰かが自分に言いにきてくれるのを待っているほうが、曹士の訓練の邪魔にならなくていい、なども先任伍長から聞いていた。

艦内の情景は変わらない。しかし深度が増すとときおり聞こえる、内外殻の余裕部分が締め付けられる音に、一段、また一段と独立性が高くなったと榎田は感じた。

周りの目はともかく、努力らしい努力をした憶えが無く、感動らしい感動もないまま潜水艦の幹部実習生となるに至り、艦長への道を確実に歩み始めたと思えるのも『艦が深度を増したことと関係しているか』と思ったりした。

潜水艦艦長になるのには今回の乗艦実習から普通にいっても十四、五年かかる。

『人生、型に嵌《は》められ始めたか。いや既に――』。『その上の階級、海将へは勉励次第、さらに海上幕僚長へとなると……。多少運も作用するか』

――艦が全没航走を始めてから五時間ほど経った。既に、艦と水上との連絡はできない深度である。

『このまま計画に沿って順調に航行すると思えるが、計画に沿わない行動を自分に起こせたら面白いだろうか――』

自分の、海自隊員としての人生の型を歪めたり、壊すことができたら――。という思いが漠然と頭の隅に生まれた。

潜水艦救難艇DSRVの作業深度は、潮流や水密度を考えると、この海域では精々水深四〇〇メートルである――、など具体的な情景が榎田の頭に浮かんでは消えた。

『事故や故障で艦が動けなくなっても、艦長始め乗員たちが自ら助かる方法がなくなり、救援の手も届かなくなるまで、あと三〇〇メートル程か。……』

艦の深度に呼応して、心の深層でも何かの思いが小さく弾《はじ》けたように感じた。榎田は自分の口元が緩んだのを覚えた。

更に点検をすすめた。

「実習幹部。配電盤の裏はうかつに触っちゃだめですよ。隙間は狭くなったけどごみだらけの筈です。所詮男の世界。見えないとこの掃除はいい加減とう」

蓄電室の、自分の背丈ほどの配電盤はそれまで反りのない角型だったが、「らいりゅう」からは艦の丸みに沿って凹形になり内殻《ないこく》内側に貼りついている。

榎田は配電盤の蓋を開けて、コードやヒューズの接続状態を確認して前橋にいった。

「異常ありません」

『この先点検を続けても異常など見つかる訳がない。パーツは螺子一本にいたるまで国産であり、日本の潜水艦の精度は乗組員の練度とともに超がつくほど高い……。自分も、どの線がどこへ行っているかは大概のところ解っている。艦内を無灯火にしての、つまりブラック・アウト訓練もこの乗員なら難なくこなすだろう――』

『しかし繰り返しの点検は必要だ。体に染み込ませたつもりの数々の部品の名称と場所は、忘れたり忘れそうな場合は行って確認する。佐荏田たち先任伍長の、職人芸ともいえる知識と慣れを得るには相当な時間が掛かると思うが、単独行動がその旨の潜水艦においては、特にｋｎｏｗ　ｙｏｕｒ　ｂｏａｔの精神は大切だ』

二人は第三防水区画をあとに更に艦後部へ、主機《おもき》のある機関室へと向かった。

機関室では榎田は前橋の目の先を追い、機関士がどういう順序で区画内各部を点検するかをなぞった。

潜訓での訓練通り、前橋は先ず各部品の継ぎ手を点検した。特にエンジンへの燃料パイプと酸素ボンベの継ぎ手を凝視し、調整バルブの把手に手を掛けた。

『この辺は機関士ならずとも乗員なら誰しもする普通の点検だ。バルブ始め、動くところは触って確認する。――』

教務で学び、訓練も繰り返してきたため機関室の内部は大体解っていたが、A・I・Pエンジンを実視するのは初めてだった。

しかし、『エンジンはエンジンだ。従来型潜水艦に搭載されているディーゼル・エンジンとの違いはエンジン稼動用の燃料にはケロシンが使われ、ケロシンを燃焼させる酸素が積み込まれているかどうかだけで、構造はディーゼル・エンジンより単純だ』と榎田は思った。

この型通りの点検にいつもなら嫌気がさしてくるところだが、今回はこれまで他の潜水艦での二度の乗艦訓練で見た電気系統のラインが、この艦ではどう配置されているかを確認するため、特に、エンジンに供給される燃料を制御する信号線を探した。

コンピュータ制御エンジンの燃料噴射ノズルは燃焼室に直接付いているため、探すまでもなくすぐわかった。燃料噴射ノズルから外へと延びている二本の線が、発令所からの指定回転数を、コンピュータを介してエンジン燃焼室へと伝える信号線である。

『信号線が思ったより太く皮膜も厚いのは、エンジン燃焼室に送られる燃料と酸素の吐出回数を同期させるため、確実な信号を伝えるためなのだろう』。榎田は、艦のエンジンを停止させる方法の一つを確認した思いがした。

「実習幹部。こちらのほうも一応見といてください」

搭載されている四基のスターリング・エンジンの、既に二つ目を点検し始めている前橋の声に一瞬我に帰る思いがしたが、榎田は促される方に向かった。

前橋が片膝をついて第二エンジンを見ていた。リストを手にして屈《かが》んだその姿形は、榎田には設備の一部のように見えた。『この姿がいきなり凝固しても何ら不思議はない。そして、固まった姿に声をかければすぐまた動き出し、何事もなかったように行動を続けるに違いない』

『この二等海曹がここまで来るには、暇さえあれば艦に入り、自然に足が向き手が伸びるほど艦内を見てきたということであろう。艦の設備や機械と自分は同化し、万一のときでも、迷うことなくその時の役割を果たすよう行動する筈である』

『周りはさらに潜水艦らしくなってきたな』。職務上否が応でも機械に馴染んできて、その心臓部に囲まれていると、艦の命運を左右できるかもしれないという意識はさらに高まってきた。

人はいつか死ぬもの……、など重い事がらを考えた上での発想ではない。単純に、『艦を沈めっ放しにできないかという考えを持ってみるのは面白い――。殆ど監視され続けている中でどこまで周囲の目を盗めるかも見ものだ』

さきほど心の底で弾けたと感じた何かが、想像を持って増幅し始めたのを榎田は感じた。充分な訓練と高い計画性をもって対峙するこの世界で、咄嗟の判断力を問われ、対応する自分を発見する場面にも遭遇しそうであるとも思った。

前橋が一瞬腕時計に目をやった。

「実習幹部っ。振られますよ」といったと同時に、近くの把手の一つを掴んだ。榎田もそれに倣った。艦頭部は右へ鋭く振られ、艦央から艦尾がそれに従い、暫くすると落ち着いた。

予想される現在の艦位などから、艦体が弄される潮流に入る時期を体で知っていて対処する前橋に榎田は目を瞠《みは》り、厚い経験の壁を感じた。

しかし、『二等海曹。いつか自分も二等海曹のようになれますでしょうか』と口から出そうになった台詞を呑み込んだ。

――この、前橋に対する畏敬の念を、機関室の中で先ほど来感じ始めた意識が制し、短い間に生まれた意識にしては強烈な言葉となって、いきなり榎田の頭を過《よ》ぎった。

『本艦は浮上しません。乗員の皆さん、艦と運命をともにしてください――』

簡潔な表現は、乗員の当惑する顔の表情、例えば酸素不足で次第に意識の薄れてゆく人間の考えや態度はどのようになってゆくのか、或いは、艦に穿《うが》たれた穴のせいで勢いよく侵入する水に抗する術も、慄《おのの》く閑もなく、あと数分で溺死に至る状況の中での乗員たちの行動は、などの興味となって榎田の脳裏を支配し始めた。

前橋の目を盗みながら、他線と束ねられ穀壁を這って発令所へ向かう、エンジン稼動信号線の行方を榎田は追った。

『細工し易く発見されにくい場所を見つけるにしても機関室から発令所までの間でか――』

五

「ソナー・マンからです。二七二《ふたななふた》度、距離五〇〇《ごまるまる》、深度、本艦とほぼ同じで、接続水域を航行中の潜水艦らしきから発信された探信音を聴知しました。推進機音も――」

潜望鏡深度を超えているためこちらのモニタ・ディスプレイに画像は映らないが、代わりに表示されるデジタル・データを見ている担当哨戒直長島野一尉、長付大田原一尉、潜航管制員たちは交わした。

「潜水艦に間違いはなさそうだが、速度はかなり遅いな。二七八《ふたななはち》度方向へ約八・五ノットでの航行か」

「発信周波数、特に本艦への到達時のボリューム、この辺の水密度からいって、当該艦からの探信音の減衰度は高いですね。発信源に正確な音波は戻らないでしょう」

「とりあえず発信してみたのだろうが、海自の演習海域を知らないで侵入を試みたのか」

国籍不明潜水艦が接続水域を越え、領海に侵入してきた時は攻撃態勢を採るのだが、海自はこれまで攻撃のために魚雷を発射したことは一度もない。また、ホーミング魚雷の威力と命中率の高さはお互い周知しているので、当該潜水艦が領海に侵入してきた時、こちらは捕捉音波を発信して威嚇し、それでも侵入を止めない場合は魚雷発射管の扉を開口して、その音で注意を喚起する。

しかし、この潜水艦の国内海域侵入は既にこちらの通常の対応を超えた内容と判断して、向こうの艦の性能を探知し、こちらの乗員の練度を確認するためにも島野一等海尉は命令した。

「攻撃目標として追跡する。一六《ひとろく》：一三《ひとさん》。コード・ネームはサンフィッシュ・アルファー。

エンジン停止」

潜航管制員井村一等海曹が復唱した。

「サンフィッシュ・アルファー了解っ。エンジン停止っ。魚雷発射管室に伝送します」

島野は続けた。

「速度、深度ともにサンフィッシュ・アルファーに順ずる。距離五〇〇」

「近隣国のどこかからとしても……。エンジンの音紋データがありません。初めて接する艦ですね」

「らいりゅう」はエンジンを停止してバッテリーのみの航走でも、この深度で八・五ノット程度なら一五時間は維持できる性能を備えている。

通常型潜水艦であれば向こうのほうが潜航に耐え切れず、三、四時間でシュノーケル深度まで浮上し、今回の演習に参加している哨戒機に発見される可能性も充分ある。

「一分ほどでサンフィッシュ・アルファーの真後ろに着きます。

……こちらの追跡に気付いたようです。加速しました。プロペラ回転数はさっきのほぼ倍です。ディーゼル・エンジンですので三〇分もすればシュノーケル深度に浮上すると推定できます」

「近過ぎるな。この距離じゃ魚雷攻撃の素振りも無理だな。五分ほど追尾して、右旋回。原進路に戻る。艦長へは私から報告しよう」

艦内第四区画までの点検を終えて発令所に報告に戻った自分に、周りの乗員たちも特に意識して見ているようには感じられなかった榎田は、自分が艦内の情景の一つに溶け込んでいるのかと思った。

『環境のほうが先に整い始めているのかも知れない』、『いや、自分などは存在のうちに入ってないと思うのが自然か』

発令所左側に三座席並ぶ、「らいりゅう」から搭載されるようになった、ソナー用兼戦闘指揮用のコンソールの一つに榎田は腰掛けた。画面を戦闘指揮用にして見ていた一人が、

「実習幹部。ターゲットはサンフィッシュ・アルファーと命名されています。あと二分四〇秒ほど追跡したあと原進路に戻ります」、と榎田にいった。

画面の、ターゲットを示すマークを見ながら榎田は、

「サンフィッシュ・アルファー、了解しました。マンボウその一ですか」

哨戒長付の大田原一尉がいった。

「アクティブ・ソナー発信。現在位置確認」

深度一〇〇メートルになってから初めてのアクティブ・ソナーの発信である。

発令所後方の海図員が答えた。

「現在位置。北緯二九度二一分、東経一三一度三五分」

ゆるい旋回運動のあとで艦の平衡が保たれ、演習航程に戻った。

担当直に関係なく行動できる実習幹部の立場を考えると、鉛管服を着て、点検ハンマーとノートを持っていれば大概のところ怪しまれない。自分の行動が不審に思われて、乗員に何か訊かれることがあっても『そのときはそのとき……』と、一つ前進した行動を執ってみようと榎田は思った。

六

「掌《てのひら》を――」

きょうだいといえば二つ下の妹だけである。妹が差し出す掌に榎田はカメオの指輪を載せてみせた。

「女の子が手を出すときは、指は揃えるもんだ」

「イタリアのお土産ね。ありがとう。色からいって高いやつよね。確かシェル・カメオ。でもね、住む世界が世界だからそう簡単に見つかるわけはないと思うけど、こういうことがほんとにできる女の人、早く見つけなくっちゃ」

『そうだよな……』

今まで恋愛らしい恋愛をしたこともないまま周りを見てみると、自分を始め自衛官は女と接する機会は殆どない。遠洋練習航海で寄港した外国の街々で土産物を買うにしても、受け取ってもらう女といえばせいぜい馴染みのバーやクラブの女である。『本気で探さなくては……。かな』

緊張度の高い作業の中で、本流とは関係のない想いがところどころに生起した。

『本筋が何であるかを未だ真剣に考えていない証左か』

燃料供給用の信号線はそれほど苦労なく見つかった。しかしこの線のどこに細工すると、それとはなかなか知られずにエンジン停止に持っていけるかと榎田は考えた。エンジンに近いところではすぐに知られてしまう。この線が向かう発令所までの間で、乗員でも解りにくいところ、当初点検を命じられた『第三防水区画の底部。電池室が一番か』

榎田は機関室で確認した信号線を慎重に辿って、電池室で再び確かめた。束ねられた多数のコードに混じって、左舷側二基のエンジンの信号線は電池室でも左舷側を這って、右舷側の信号線とは束ねられることなく発令所に向かっていた。

『ここらあたりで断線されても、そうそう簡単には見破られものではなさそうだ』

今回の演習計画の最深度三〇〇メートルから海面への浮上を試みた場合、潮流や水密度、浮上速度などにもよるが、バラスト・タンクの水を排するための圧搾空気が使えるようになる深度一八〇メートル程に上がるまでは、艦体はプロペラで進航する筈である。そこから先は圧搾空気でバラスト・タンク内の海水を排しての浮上である。

艦が確実に浮上しなくなるには、『演習計画の最深度三〇〇メートル辺りでエンジンが停止して充電できなくなり、バッテリーだけでの浮上を試みるにも、艦に掛かる負荷のため電気量の消費は速く、深度一八〇メートルほどには浮上する途中、電池残量は０に近くなり、圧搾空気のバルブを開けることも出来なくなる筈……。

或いは、ごく単純に、応急処置では間に合わないほどの穴を艦底に開けることか』

艦の浮上を止める方法が具体的に解ってくると、

『艦を沈没させるということは、自分が痛みや苦しみを感じずに死ねるということで、また、艦が引き揚げられなければ、沈没の原因さえ解らずに済む――』

『しかし、五十八名の乗員全員の命を奪うことにもなる。大きな殺人事件だ』

そう思うと榎田は、乗員の顔を見るたびに心の中でいってみた。

『あなたを道連れにします』

『艦と一緒に沈んでください』

行動が勢いを得て、行進するが如く歩を始めたように榎田は感じた。


防衛大学校を志望するようになったのも、高校入学の辺りから生に対する諦観が周りより強いと感じていた自分を、体力の燃焼によって摩滅できるか、護国防衛という風潮の中で、自分は何らかの存在意義を感じるだろうか、また、警察官や海上保安官などよりも身近に戦闘に遭遇する機会が多いと考えられる中で、戦闘死や、それらの道具を使って自決への道を探ることができるか、などと想像したことがあったからである。

『巨星墜つ……か。自分の死後、残った者たちにそういわれたいと思う俗っぽい人間は羨ましい。泉下で……は、大人しい表現だが、これも残された者のためにある言葉である。

死んだらそれきり、しかし死ぬまでの自分の心の動揺はどうしたものだろう。狼狽せずにいられるだろうか……。

艦内には道連れが多くいる。どちらが先に死ぬにしても自分が永眠に就くまでの間彼等は、こちらの恐怖感を少しでも和らげてくれる筈、と考えても……』

『方法が具体的に定まってきたと考える頃か。行為によって自分や周囲がどのように変わるかをさらに想像して、前へ進んだような気になるのは未だ早いか。

一歩踏み出してから、自分と周囲の情況を確認するが早いか、確認する前に自分と周囲の人間たちの命が失われるが早いか』

『自沈する艦と命運をともにするという考えを韜晦《とうかい》し切れるだろうか』

七

「俺の経験ではあるが、――」

榎田が防大で最初に耳を傾けた言葉である。

防大に入学を決めたときから潜水艦乗りを希望していた榎田は、入学後は先輩や同僚から「要員志望はどこか」と訊かれれば、「海上です」と二つ返事をした。年に二、三回ある海上幕僚監部、通称「海幕」の人事課への書類の志望欄には、その度に「第一希望、潜水艦」と書いた。

「俺の経験ではあるが、『潜訓』に入隊したかったら、防大在学中の第二志望は海上航空、第三は水上艦勤務としたほうがいいと思うんだな」

「第二はいいとしても第三まで潜水艦勤務と答えたら潜水艦乗りにはなれんぞ。気負い過ぎて、密閉社会の中では集団行動がとれないと見られるって――。ま、欠員が出るよう祈るのも一つか……」

防大卒業後、地元の人たちの間でも「潜訓」で通る、呉の潜水艦訓練隊に着隊を命じられることは潜水艦勤務の第一歩である。しかし志望者が多く、先輩たちの実地の助言を仰ぐことも多々あった。

榎田は防大への入学には自信があったが、入学後の訓練用の体力をつけるため受験勉強の合間を縫って、余り好きではないジョギングは毎日欠かさず。ひと月後には一〇キロのダンベル二個を入れたリュック・サックを背負って五キロほど走れるようにした。先ず三〇回から始めた腕立て伏せは二ヶ月掛けると三〇〇回ほどできるようになった。その腕立て伏せも入試合格後は拳立《けんだ》ちに変え、家の廊下から始め、コンクリートの上でもできるようにした。

母親の心配を他所《よそ》に、やり始めは血だらけになった拳面《けんめん》は、一生消えないと思えるほど硬く盛り上がった。水泳は多少できたが、スイミング・クラブに通い、効率や速度を考えた練習を重ねて、体力消耗の少ない泳法を身につけた。

防大第一学年の夏季定期訓練に用意されている航空適正と潜水艦適正で「適」を得た榎田は、翌年の後期試験終了後中隊指導官室に呼ばれ、指導官のいつもと違う柔らかい顔に迎えられ、

「海上要員」と伝えられた。

要員先が決まってからの防大生にとって、卒業までの三年間が長く感じられるのは榎田も同じであった。

防大卒業後一年間、江田島にある海上自衛隊幹部候補生学校での教育を終えた後、一ヶ月半ほどの「国内巡航訓練」を経て、海外へ約五ヶ月間赴く「遠洋練習航海」では外交活動も求められるため、語学力も身につけようと英語の教材も買い込んだ。

広島県江田島の海上自衛隊幹部候補生学校、通称「赤レンガ」では、一課程に配される

榎田たち防大卒組は、一般大卒、大学院卒などで幹部候補生試験を合格して二課程に進む学生たちとともに通称A幹と呼ばれ、その他は三課程と呼ばれる課程の教育をそれぞれ一年間履修する。

榎田と同期に赤レンガに入校した防大卒組は九八名で、うち女子は四名、一般大卒は一〇一名で、うち女子は六名と、一般大卒の幹部候補生のほうが僅かに多かったが、六個ある分隊に均等に振り分けられた。

幹部候補生学校の学生館では、隊員生活の知識が遥かに上の防大卒組が、一般大卒組に入学当初の面倒を見るように配慮され、原則防大卒二名、一般大卒二名の計四名が一部屋で起居をともにし、女子は女子同士で原則四人一部屋となる。

「まあたやられちゃった」

入校直後はほぼ毎日、教務終了後自室に戻った候補生たちが見るのは、ベッド・メークに慣れない、一般大卒候補生のベッドから剥がされたシーツや毛布、放り投げられたままの枕や、枕カバーである。

入校後ひと月ほど経っても時々このようにされる。

「俺って狙われてんのかな」

一般大卒で、幹部候補生学校での教務は主に回転翼機、つまりヘリコプター専攻で、榎田と同室の長嶺《ながみね》がいった。

「鬼どもめ」

鬼は赤鬼又は青鬼と呼ばれ、「学生隊本部幹事付き」のことで階級は二等海尉。防大卒直後の隊員から二名選ばれて、一人をAの意味で「幹事付きアルファー」、単に「アルファー」、もう一人をBの意味で「幹事付きブラボー」、または「ブラボー」という。

シーツや毛布の畳み方、枕の位置、枕カバーのちょっとした染みや皺があると、幹事付きはそれらをベッドから剥がして乱雑に放っておく。

「台風一過よ。ベッドそのものを部屋の壁に立て掛けられていたことだってあったじゃねえか。シーツや毛布は特に四隅に気をつける。こんな具合だ」

「きょうは熱帯性低気圧ってとこかな」

「ボールペンを放っても皺ができないよう、毛布はベッドの下に潜り込んで弛《たる》みを引っ張るのが要領である」が、毎朝起床から五分以内でこれをやり遂げるには、

「行動は体に浸み込ませるほかない。俺が先に確認するのはいいが、ま、あとひと月程はどんなに綺麗にメークしたってやられるときはやられるんだな」

朝の、制服のアイロン掛けのときも、一分隊三〇名に六個しかないアイロンを皆で使いまわすのもチーム・ワークの一つと、榎田たちは、就寝前に自分のを含めて同僚の制服を点検して、

「この程度のはだな。今の内に裏地にひと噴き強めに霧吹きを掛けておく。朝になったら表からひと噴き掛けてすぐアイロンと。そうすると大概のところピシっといくんだ」など、一般大卒組に伝授した。

「特に赤鬼。ブラボーの油井《ゆい》二尉のやつには気をつけろ。気分でいちゃもんつけてきやがる。廊下で顔が合って『服務規程違反っ』ていわれりゃ、その場で腕立て一〇〇回は免れない。油井が特に目をつけるのは袖口よ。あいつを見かけたら手を丸めて、両の袖口をちょっと引き伸ばすんだ」

幹部候補生学校へ入校後ひと月ほど経って慣れが少し出てきたある日、午前の教務を終えた榎田たちが先輩の何人かと食堂で昼食を摂っていたときである。

「防大校内もそうなんだが、ここに来て並の姿見を越える大きさの鏡が多いのに驚いたろう。要するにしょっちゅう自分の姿を見て、姿勢や服装に気をつけろってことなんだ」

「起床から就寝まで、自分をこの生活の型に嵌めるのには理屈もくそもない。ひたすら慣れるっきゃないんじゃないかな」

防大卒で同室の風間も、

「あとは体力。もっとも体力練成の時間がないか」

「おうっと。そろそろ来そうだ」。風間がいったと同時に、

「学生隊待てっ」。校舎内外にアナウンスが流れた。

続いて、

「総短艇用意っ」

幹部候補生たちは慌てて外へ出て、校舎正門前の岸壁に向かった。

「第一じゃありませんように」、風間がいった。

「なんで解ったのよ」

走りながら一般大卒の長嶺が風間に訊いた。

「朝課が終わって教務室に行こうとしたときにさ、正門から将官車らしきが入って来るのが見えたのよ。黒塗りのクラウンよ」

「しょうかんしゃって」

「将官が乗ってるから将官車よ。フロント・ガラス真ん中に青地に星のプレートがあったような気がした。

海幕から来たに決ってると思うけど、海将か、将補か代将が乗ってる筈と踏んだんだ。その車と擦れ違うときは敬礼してやれ。

将官が来たとき学校の上のもんは、見せ物の一つにカッター競技をさせることがあるんだって先輩から聞いたことがある」

「総短艇競技はまだ一回しかやったことがないぜ。また手に豆できるじゃねえかよ」。長嶺の言葉を掻き消すように、

「第一学生隊かかれっ」。ひと際大きなアナウンスが校内に流れた。

幹部候補生たちは、赤レンガの近くにある、コンクリート製岸壁の一部から海に向かって湾曲に伸びる二本のフックに前後を吊られた短艇が、分隊分、六艘が設置されているドックへと走った。

第三分隊に所属する榎田たちは自分たちの短艇前に到着すると、学生たちの間で予め決めておいた漕ぎ手のうち二名が飛び乗り、残りの者は艇を海面に降ろしてから、岸から海面へ下る鉄製梯子で艇に乗り移った。

艇は、これも学生同士で決めておいた、艇内後部に艇指揮一名と舵を取る艇長一名が場を占め、漕ぎ手は左右六名ずつ席を取り、昼の眩しい陽光を浴びた海面を、沖のヴイへと漕ぎ出された。

「オールの先は水中では少し水平にしろ」。前に座る長嶺に風間が小声でいった。

「その分おれが頑張る」

北東に向かう艇に対するこの日の潮流はいつもより速く、風と波の影響もあって行足《ゆきあし》は鈍ったが、漕ぎ手の力加減を見て漕ぎ方の緩急を命令する艇指揮と、こまめな舵取りで常に舳先を沖の目標ヴイに向ける艇長との連携で、約三〇分後、第三分隊はその日二着で戻ってきた。

艇を引き揚げ、教官の前で横隊に並んで敬礼をしたのち分隊は解散となり、それぞれ午後の教務へ向かった。教務室へと歩きながら榎田は、ほぼ真上にある太陽に目をやった。

幹部候補生学校へ来てから、雨や曇りのとき以外は喩え一、二秒でも太陽と正対することを日課の一つにしていた。

『海にはやはり夕陽が相応《ふさわ》しい。年に一、二度しかお目に掛かれないが、光りの祭典ともいえる仰々しい夕陽の色の中に、赤系統以外の色が見えたとき得した気分になるのは自分だけか』

八

「今年の春《はる》っ子は六人だそうな」

榎田の同期の山崎がいった。

六月に実施される潜水艦要員のための「要員区分検査」を無事終えた潜水艦希望の隊員たち始め、幹部候補生は七月の、江田島湾内での一五キロ、約一〇時間に及ぶ遠泳に臨む。

この幹部候補生学校名物の遠泳が終わると、一般大卒の幹部候補生六名が退学していった。四月に入学して七月に退学する彼らを教官たちは「春っ子」と呼んでいたのを学生たちも耳にしていた。

訓練の辛さに耐えかねてというのもあるが、入学前に志望した教務内容と、自分が希望したものと合わないと判断したというのが大方の理由である。退学していった者も含め、それまで、特に行進のときに顕著に表れた、一般大卒候補生の姿勢や手足の振り具合が防大卒の候補生たちと大体変わらなくなった頃である。

「実際にはめったにないと考えられるから、消火訓練が一度だけってなあ解るけど、防水訓練も卒業まで三、四度ってのはどうかなあ」

「艦内で火事らしい火事があったっての今んとこ聞いたことがないけど、火事そのものが緊急を要するものだから、仮にあったとしても現場からの報告を確認する、そして素早く艦長なりに報告するのが俺たちの任務よ。その後は消火活動を手伝うんだけど、程度にもよるけどさ、曹士の人たちに邪魔もん扱いされるのが関の山ってとこかな。でも逐次消火の進行状況、そして鎮火確認と上長に報告するため、現場の状況はちゃんと掴んでないとな。要するに、報告をきちんとするのが俺たち士官の仕事よ」

「防水訓練でさ、穿孔《せんこう》から噴き出してくる水の圧力めちゃくちゃ高かったけど、船底では浸水圧がおっそろしく高くって近づけないなんてこともあるって聞いたことがあるぜ」

「防水訓練に限っていえば、体育会系を模したリクレーションよ。防水がどういうものか知っておけばいいんで、幹部は実際には手を出さない」

「一般社会ってのは大体が競争社会で、自分が上に行くためには他人を蹴落とさなきゃならないってんで、他人のドジを期待するようなことをよく聞くけど、自衛隊という戦闘集団では、その防水訓練はいい例で、穿孔を見て木栓選びをするときにさ、最初の一人がちょっと小さめのを手にしたをのを見て、他のもんはそれより少し大きいのを選んで様子を見るだろ。破孔に木栓を当ててサイズが合えば、ハンマー持ちに大声で伝える。噴き出る水の中でハンマーが滑って木栓を持つ者の手に当たる場合だってあるが、痛えなんて云ってられない」

「隊の集団行動の中では脱落ってことは許されないんだ。だからお互い助け合わないと。怪我するやつが出りゃ、早くその怪我を治してやるのも周りの仕事だし、手が足りなくなりゃ一人で何役もやらされることになる。

だから一人がドジると連帯責任を採らされる。俺はその連帯責任てのは結構楽しいものだと思っている。自分がドジったときは付き合ってもらいたいときもあるからよ。

腕立てやハイ・ポートは慣れりゃなんてことはない。要するに体力、とくに持久力だ。しかし、助け合うってことはだな、少々気に入らねえやつでも顔には出さないで助けてやってる間に、こちらの気持ちが広くなったような気がするんだ。

どの道みんな軽いやりしか持っちゃいねえ」

「軽いやりしか持ってないってことは、おもいやりが――」

「そ、ありゃしないって考えとくのが隊の中では丁度いいのよ――」

幹部候補生学校宿舎で同室の学生と、教務室では他の学生との間で、或いは先輩たちから語られた、

「海上自衛隊の前身は海軍であるからして、つまりが伝統墨守唯我独尊よ」

「ほかのはどうなんですか。――」

「陸さんは用意周到動脈硬化。因みに空自は勇猛果敢支離滅裂っと」

「海自はなんとなく解るような気がしますが、……」

「海自の日常生活においては体技練成目的不在ってなあ俺も納得だ」

「隊員の行動を表す、陸海空共通の言葉はだな、『立てば場外、座ればパチンコ、歩く姿はソープ探し』っと」などは、榎田たちにとって、自衛隊員の素顔の一部を見た思いになった。


幹部候補生学校での一年を終え三月二十日の卒業式の二ヶ月前に行われた遠洋航海前身体検査を合格した榎田たちは、卒業時に防大卒組は三尉に、一般大卒で且つ大学院卒などの隊員は二尉の士官となり、卒業式を終了するとそのまま練習艦に乗り込んで、約一ヶ月

半の「国内巡航訓練」に向かう。

年齢も実力も上だが階級が下の、曹以下の隊員を部下として持つため、卒業近くの学習は教務の履修とともに部下に対する接し方も教えられる。

「どんな顔してんのかな」

「いくつぐらいよ」

「海自は陸さんと比べてウエーブさんが少ないから話題集めもあるんだろ」

今回の国内巡航訓練参加艦艇二隻のうち、艦隊司令官立澤啓一《たてざわけいいち》海将補が座乗する護衛艦「あさぎり」の艦長は柴田義夫一等海佐であるが、練習艦「しまゆき」の艦長は、海自史上二人目の女性艦長小谷《こたに》美恵子二等海佐であることも幹部候補生たちの話題にのぼった。

卒業式当日江田島の大講堂で、海上自衛隊幹部候補生学校校長高島海将始め副校長多田海将補ら、各部各科の長たちに見守られ、海上自衛隊呉音楽隊の吹奏の中で、一人ずつ卒業証書を手渡される、三時間に及ぶ式が終わると榎田たちは建物を出て、見学に来ている父兄たちの前を通り、そのまま機動船に分乗して、沖に停泊している練習艦に移乗した。

「しまゆき」で小谷美恵子二等海佐らに出迎えられた幹部候補生学校の卒業生たちは、上甲板で幹部実習生として訓示を受けた後、各々部屋に散って出航の準備をした。

「ここじゃ三段かよ」

六名ひと部屋のベッドに書かれた名前と、予め送られていた荷物を確認しながら、榎田たちは担当員の指示を待った。

最初の寄港地は大阪である。桂島《かつらしま》錨地で仮泊をし、三月二十二日大阪入港。恒例のシェラトン都ホテル大阪で国内巡航訓練艦隊最初のレセプションを受ける。

海上自衛隊阪神基地隊を始め海自協力団体が協賛するこのレセプションには、毎年三人の宝塚スターが参加する。

堅苦しい式次第ののち、音楽に乗って舞台に三人が現れると隊員たちの歓声が上がった。が、榎田はそれにには一瞥しただけで目を舞台から逸《そ》らした。

その榎田の目の先に十八、九と思われる年齢の女とその母親らしきが会場に入ってくるのが見て取れた。

「実習幹部。二戦速前進っ」。何時の間に来たのか、榎田の背後に立っていた、階級章から三等海佐が榎田の腰を押した。

振り向いて敬礼するより早く、その場に相応しい挨拶として榎田は、

「二戦速前進。アングル・オン・ザ・バウ〇度《れい》っ」

言って二人の女性に近づいた。

「お席はお決まりでしょうか。この度幹部候補生学校を卒業しました三等海尉榎田公一郎と申します。よろしかったらこちらへ――」

佐官以上と来賓以外は立食形式のため、榎田は二人を舞台際のテーブルに案内しようとしたが、

「いいえ。先に司令官様始め、艦長様たちにご挨拶申し上げましてからに……」

「この度の練習艦『しまゆき』の艦長は小谷美恵子二等海佐で、――。席までご案内しましょう。もしよろしかったらその後自分たちのテーブルへでもお出でいただければと思います」

案内しながらの短い会話の中で、二人は親子で、母親は海自の親睦団体水光会《すいこうかい》関西支部理事で大阪府議議員の大島新次郎の妻であること、今日は、「娘が是非一度このような会場を拝見したいと思っておりましたところ、主人が体調を崩しましたもので、代わりにお邪魔させて頂きますようお願い申し上げた次第にございます。これは長女の……」

「大島節子と申します。大学一年生です」

「お二人の、艦長たちとのお話が終わるまで少しお待ちしてよろしいでしょうか」

榎田は二人を司令官らの席まで案内したあと身を引き、来賓や上席たちとのひと通りの挨拶を終えるのを待った。

舞台際のテーブルは五、六人の隊員に囲まれていたが、榎田が二人を伴って近づくとその輪は一気に展がった。

『接触術最大行使といっていいかな』

海自主催の歓迎式などで若い女を見つけたり、地元の適齢期の女性グループとの親睦会などでは、

「幹部実習生は最大戦速で彼女たちに接近するよう」と先輩たちから唆《けしか》けられていた。

テーブルの隊員たちはわれ先に、

「料理やお飲み物はあちらのほうにあります。ご案内いたしましょう」

「日ごろ女っ気のないところにきていきなりこれですと、どう対応していいやら……」

「今日のヅカガールがみすぼらしく見えますよね」

「他のテーブルの隊員たちの視線、やたら強いなあ」などと二人を迎えた。

暫くして話のひとつ一つに母娘も笑顔で応じるようになった頃は式も終わりに近づき、スピーカーから、

「男と生まれ、海をゆく――」の曲が流れると司会者が式終了を告げ、解散となった。

ホール出口まで二人を見送った隊員たちは、

「あれっていいよな」

「あれってこれか」

笑うと同時に口元を手の甲で覆い、軽く閉じた掌をこちらに向けた二人の仕草を、一人が真似て見せた。

「あんなのめったに見られないよな」

「次見られるのはどこの寄港地でかな。期待しよう」

この式で、表面的には上席や同僚たちと合わせたつもりでも、彼らとの間に何か違和感を拭えない榎田であったが、スケジュールに沿ってこの日はホテルに泊まり、明朝の「しまゆき」への帰艦に備えた。

最初の寄港地大阪をあとにすると練習艦隊は南下して佐世保へ、さらに下って那覇へ、北上しては海上自衛隊航空基地のある八戸へと進航する。

陸奥湾は大湊に寄ったのち、旧ソ連時代は宗谷海峡を通る航程もあったが、近年は津軽海峡を通航して日本海へ廻り、新潟、舞鶴を訪れ、門司を通峡して、帰郷するが如く呉に寄り、伊勢へと向かう。

伊勢では、残りの航海と国内巡航訓練に続く遠洋練習航海での無事を祈って隊員の殆どが伊勢参りに参加した。

海自の総監部のある佐世保、舞鶴、大湊、呉、横須賀の五つの地方隊への寄港は例年となっているが、気象、海象などによる余程の変化がないかぎり、他港合わせて十港に寄る航海である。

艦内訓練は榎田たちにとっては復習の意味合いの強い、防火、防水、溺者救助、霧中航行、応急操舵などいわゆる基本七部署のいくつかを軸にしたものを繰り返す。

地元の、海自後援会などの団体との交歓会がない寄港地でのいち日は、艦の左舷側の隊員がその日上陸を許可されれば、翌休日は右舷側の隊員が上陸許可となる半舷上陸である。

今回の国内巡航訓練の最後の寄港地名古屋港に上陸した実習幹部の一人が、艦のタラップを降りる前に人差し指をひと舐めして高く掲げた。

「サウナはこの方向だって」

榎田とともに潜水艦乗りを希望する同期の菊池だった。

「潜水艦乗りは、初めて寄港する土地でも風呂屋、或いはサウナを見つけるに長《た》けてなくてはならない。上陸のなかでも特にその意味あいが強い場合、これを入湯上陸（にゅうとう）という」嘘ともほんととも取れる先輩たちの寄港前講話の一部を榎田も思い出した。

今回の国内巡航訓練参加艦艇のうち護衛艦「あさぎり」はそのまま遠洋練習航海へ向かうため晴海埠頭へ、練習艦「しまゆき」は中間修理のため横須賀へと回航した。

九

隊員たちはそれぞれ一週間ほどの休暇ののち、五月二十日午前一〇：〇〇晴海埠頭に停泊する「あさぎり」、練習艦「せとゆき」と「かしま」を前に整列した。

海上自衛隊東京音楽隊の吹奏が始まった。遠洋練習航海の出航式である。

恒例に従って内閣総理大臣始め防衛相、海自及び、在日米海軍将官たちが訓辞を並べた。式後、寄港各国の大使やその次官、家族などにも見送られ、各艦に乗り組んだ榎田たち幹部実習生百九十三名を中心とした隊員総勢七百三十二名は、百五十六日に及ぶ遠洋練習航海通称「遠練」へ向かうため、

「航海当番配置に就けっ」の予令を待った。

「実習幹部。帽子飛ばされますよっ」

榎田の乗る「あさぎり」の甲板で、そばにいた曹士の一人にいわれて榎田は慌てて顎紐を着けた。

「あさぎり」にも予令から間もなく、「出港用意」の信号ラッパが鳴り渡った。

直後に「出港用意っ」の号令が発せられた。

担当海曹士はじめ五人ひと組の曹士たちは、岸壁のボラードから外されて、先端を「あさぎり」に投げ入れられた、繋留索取り込み用細引き綱を勢いよく甲板に取り入れた。主索が上がってきたころ右舷側には三艘の曳き船が取り付き、艦から投げられた曳き綱を引き始めた。

艦前後と岸壁の間合いを取るため号令を掛ける担当士官、作業する曹士たちの邪魔にならないよう見学する榎田は、これまで何度か訓練してきた護衛艦の離岸作業を実地で見るに当たり、

『二年程か。二尉か一尉になる頃この指揮は自分もやらねばならない』、と記帳板を片手に見ていると、離岸時の落水者や不審船を見張るための小型ゴム・ボートも艦周囲に現れ

た。その乗員の一人は、ボート尾部に挿してあった自衛艦旗を引き抜いて榎田の方を向いて振った。自分にではないと思ったが榎田も敬礼を返した。

艦隊司令官飯塚信彦海将が乗り、艦長を中島太一郎一等海佐とする護衛艦「あさぎり」を旗艦とし、多田野広重二等海佐が艦長の練習艦「せとゆき」、女性艦長池井利代子二等海佐を迎える練習艦「かしま」とからなる艦隊は、遠洋練習航海出航式出席の来賓、招待客やその家族が手を振る中、単縦陣を列して東京湾を出港した。

最初の寄港地は五月二十四日入港予定の真珠湾である。

出航二日後、直明けの夜、榎田は同直の二人と後部甲板に立ってみた。無数の星が水平線を境に立ち上がり、暗闇の中で海と空とを区分けしていた。

『数えきれないほどの数の星か。普通の人間ならこの光景に少しは感動するはずだ。しかし、自分は前にもこれを見たような気がする――。平面的な光景だ。

星座というものを想像し、それに纏わる神話が作られてもそれは只の話で、つまり星々は寓話の材に過ぎない。

誰だったか、線路は芸術作品だといったのは――。どんなに地方の、単線の線路でも、歪んだ枕木を踏み、覆う草花を蹴散らせながら、平行を保って生き物のように伸びている。

あれほど周囲の影響を受けることなく自分の存在を表現する物は、一つの芸術である――、という見方は自分には理解し易い。

この満天を占める星々よりも、舷側に押されて作り続けられる波には興味を持たされる。揺らめき輝く花のような星光を浮かべて艦から離れていく波は芸術とは言い難いが、見飽きることはない』

艦のもう一人の先任伍長矢尾板海曹長に「甲板に出てみたらどうですか。願いごとを沢山持って」、といわれるまま来てみたのだ。目に流れ星は未だ見えない。

「日頃の行いのせいよ」

「もう少し真珠湾に近づくまで待てってことかな」


晴海から真珠湾までの航途、榎田たちは国内巡航訓練における基本七部署の訓練の他、艦内一部を消灯してのブラック・アウト訓練、射撃、内火艇、信号弾撃て、放水、対潜、ミサイル発射、ハープーン発射などの訓練を行った。

「あさぎり」は旗艦ではあるが、演習上「せとゆき」や「かしま」を基準艦として、単縦陣、横一、三角陣形などに指定速度で並ぶ戦術、基準艦の航跡通りに追尾する蛇行、基準艦を追い越して反転したのち並走する反転入列、艦内戦闘情報センターのコンソールやモニターを使って、三艦連携の仮想敵攻撃防御などの机上作戦、それに纏わる運動訓練が行われた。

五月二十三日〇八：〇〇。艦隊は、自衛艦旗掲揚の直後、左前方にミッド・ウェイ環礁を捉えた。

礼装に威儀を正して、隊員たちは各艦の甲板に整列した。

「あさぎり」では音楽隊が「君が代」を吹奏する中、艦隊司令官飯塚海将以下が環礁に向かって長い敬礼をした。

太平洋戦争終結後遠洋練習航海艦隊に限らず、ここを通過する自衛艦による、ミッド・ウェイ海戦における戦歿者に対する洋上慰霊祭は恒例行事として催行される。

五月二十四日。〇五：五五、総員起こし五分前。同、〇六：〇〇総員起こし。朝食、続く朝礼後、ハワイ入港を前に三艦の甲板には、レセプション用の焼き鳥や餅つきの模擬店が設《しつら》えられた。榎田は、要人たちを招じ入れる特別公室の点検を命じられた。

一〇：〇〇。米海軍儀仗兵十名による礼砲と軍楽隊吹奏、そしてフラダンスに迎えられて、艦隊はハワイ、オアフ島は真珠湾の軍艦繋留埠頭に接岸した。

艦隊司令官、「あさぎり」艦長中島太一郎一等海佐を除く佐官はタラップを下りて、地上に整列した米海軍隊員たちの敬礼を受けると、交替するように在ハワイ米軍将校等とその関係者、ホノルル市長、市関係者たちが艦に上がってきた。

艦内食堂での日米要人による講話ののち、両国の音楽隊の吹奏を始めとした歓迎行事は、自衛艦旗が降下される日没まで催された。

海自隊員として初めて外国の地に足を踏み入れる榎田たちにとっては極めて新鮮なものであり、二日続きの交歓会では実地の英会話は忘れないようにと、レコーダを服にしのばせる者もいた。

「もう一人都合つかんか」

船務長が幹部実習生の一人に向かっていっていた。

停泊三日目は出港前日ということもあって外出許可が下りる。が、当地に不慣れなことから幹部実習生たちは三人ひと組での許可、となっている。

「六時間をいかに有効に使うかだな」

「後発航期とならんように気をつけんと」

「ほおんと」

乗船遅刻は後発航期と呼ばれ、厳しく追求されて減給や訓戒の処分対象となるため、隊員たちは防大入学から特に気をつけるよう躾けられている。

「正味三時間か。港の周りを見るだけで我慢しよう」

「いずれリムパックでここに来るしな」

三泊四日の慌《あわただ》しい外港訪問の中でも、来客と会話を交わすときは背筋を伸ばして応対する実習幹部たちは、佐官や先輩尉官から、

「見事なホストぶりだな」

「今期の実習幹部たちは特に英語が堪能だ」

などの言葉が掛けられ、二十八日、総員起こしから〇八：〇〇の自衛艦旗掲揚を挟んで、次の寄港地、カリフォルニアはサン・ディエゴ港への準備に追われた。

初めての外国地での交流の余韻に浸る暇もなく訓練は続き、サン・ディエゴまでは主に艦隊訓練が行われた。

中でも榎田たちを悩ませたのがハイ・ラインと呼ばれる、二艦が並走して物資を渡したり受け取ったりする洋上補給訓練だった。

両艦が二〇メートルほど接近して行われるのだが、波が高く、相手艦から伸びてくる蛇管が思うように掴めない。訓練の重要性もあって先任伍長たちも手伝わない。

「着水訓練は予定には入っとらんぞ」、指導官にいわれながら、舷側から体を乗り出してフックを操る実習幹部の一人を他の実習幹部が支えるのだが、フックを持つ人間が落ちそうになるのを繰り返した。

六月四日朝食後榎田たちは、天を支えるが如くの高いビル群、それらが左右に止め処なく延びるアメリカ大陸を目の当たりにした。

ハワイでの経験はサン・ディエゴでの停泊に応用され、各艦に乗り込んでくる米軍将官、サン・ディエゴ市長とその関係者に対する歓迎レセプションでは実習幹部たちには笑顔が多く見られた。音楽隊の交歓演奏の後、歓迎行事の一つ、法被《はっぴ》を着て太鼓を叩いてみせる実習幹部は、

「プリーズ、トゥライ」と言って米軍軍楽隊の太鼓担当の若い一人に撥《ばち》を持たせたりした。

八日、出港前日の休暇で、榎田たち数名は米軍が用意したスケジュールの一つ、米軍通信施設を見学した。

〇八：〇〇の自衛艦旗掲揚後、車でサン・ディエゴから内陸へ三〇分、ユマ国際空港を

過ぎてさらに二〇分、ヒラ湖そばのヒラ・ベンドの町を見下ろす丘に位置する第三〇二一W米海軍ヒラ通信所を訪れた。

幹線道路や鉄道から離れているので振動、電波障害も殆どなく、無線施設の立地条件としては先ず問題ない場所と榎田たちは思った。

「GPSの発達で日本国内にある米軍通信隊は徐々になくなってきている」

「ここもいずれ閉鎖されるだろうな」。同期の隊員たちは感想を交わした。

柵内には一〇数個のパラボラ・アンテナのほか、全長一キロメートルに及ぶ長いアンテナが張られていた。

榎田は呟いた。

『これは残るな』

V・L・F、超長波のアンテナである。海自では対馬防備隊にあり、発信電波は海中一〇〇メートルほどまで届き、潜水艦は電報という形で受信する。

通信所は地上にある施設より地下にある施設のほうがずっと重要性は高いため、地下三〇〇メートルほどのところにある主だった通信設備も見学した。

敷地内には、一九六三年四月十日、大西洋で消息を断ったままの米原子力潜水艦スレッシャー号の墓碑もあった。

号名の下、左側に就役年月が彫られている。通常右側には退役年月が銘されるのであるが、代わりに――未《いま》だ哨戒中――と英記されていた。誰に促されるともなく榎田たちは敬礼した。

米海軍医療学校の医師たちと交歓した医官の一人は、訓練や戦闘時における外傷、或いは戦地での持病の悪化などに対する応急処置を始め、自衛隊では海外派遣においても一度もなかったが、友人が戦死したときの心的傷害の対処法を学んだ。

「海自ではデータらしいデータはないんだよな」

「俺らを見てくださいよ」

「データはそこからか」

「先ずは嫁さんになりそうな女を紹介してくださいよ。医官どの」

「そういうことは鏡と相談してからいうもんだ」

新婚に多く見られる、三ヶ月を超える艦隊勤務の兵員を夫に持つ夫婦は、夫の帰国後、その二〇パーセントほどが離婚することなど、海軍兵員特有の課題についての小講義も受けてきたといい、帰艦後の話の種となった。

サン・ディエゴから南下してパナマ運河通航の途、パナマ・シティーに寄港し、カリブ海に出てからはキューバのハバナに寄った。

大西洋を渡り、フランスのブレスト、イギリスのロンドンでは三艦は分散寄港となった。イギリスをあとにした艦隊は、例年であれば地中海を東進し、スエズ運河、紅海を抜けてアラビア海に臨む航路を辿るが、中東の情勢を鑑み、今回はアフリカ大陸西側を南下し、ケープ・タウンを廻り、アフリカ大陸での寄港地はケニアのモンバサのみとなった。

インド洋に入った艦隊はスリランカの首都港コロンボに停泊したのち、長躯オーストラリアはシドニー、ニュージーランドのオークランドに寄港、最後の寄港地はフィリピン、マニラと予定通りの百五十日間の航程を終え、十一月一日晴海に帰ってきた。

航海の長さ、各国の寄港地での交歓と見学は、

「建前はさ――。慣海性を増し、それまでの海自隊員としての知識を実践を通して体得する。同時に国際感覚の涵養にも役立つってことにさ――、」

「ほぼ沿ったものと云えるんだろうけど、毎日おんなじ顔ぶれで、やったらしい上官や先輩たちの嫌がらせをかわす方法を会得する航海でもあった、と付け加えられると正しい目

的となるんだけどな」

「特にあの野郎……」

「よせよせ。どこんでもいるようなやつじゃねえか」

「丁重にもてなしてくれたわ。この顔の青タンどうしてくれんのよ、だぜ」

「勲章にしてはちょっと派手だな」

実習幹部の間では由利恭也《きょうや》一等海尉の評判は特に悪く、

「特定の人間を決めてよ、顔見りゃいちゃもんつけて殴ってくるんでやんの」

「自分の立場を利用してのいじめっつうのは始末におえんなよな」

「自衛隊に限ったことじゃない。嫌がらせをしたい、でも給料は欲しい、そこでこの職業を選びました、その職業とは……」

「学校の教員よ」

「それもあるな」

「おれらが先輩になったとき、後輩をいじめりゃあ……。よくないよな」

上陸解散後の幹部実習生たちの酒を介しての会話には何度か榎田も加わった。

海上自衛隊幹部候補生学校入校に始まる「同期」の意識は、国内練習航海を経て、遠洋練習航海終了までで、その第一段階を終え、

「これから退官まで付き合うんだ。どこに配属されても名前を聞いたら思い出して、時間があればメールのやりとりぐらいしよう」といい合った。

十カ国、十一の港全てにおいて榎田たちは、お国柄を偲ばせる衣装を着た儀仗兵の礼砲で迎えられた。

それは今回の海自の艦隊に対してのみでなく、単艦で入港するときでもである。

或いは洋上で、相当離れていても外国籍軍艦と擦れ違うとき、こちらの艦級と座乗する司令官の階級を知って、甲板上でこちらを向いて捧げ銃《つつ》で整列している兵員を認めこちらも答礼する、は定例となっていた。

遠洋練習航海は今回の一九三名の実習幹部の殆どにとって、「自衛隊は軍隊である」と自覚するための航海でもあった。

十

初秋の潮風の中、呉港から江田島へ向かうフェリーの甲板で一人が口にした。
「一《ひとつ》、至誠に悖《もと》るなかりしか
一《ひとつ》、言行に恥《は》づるなかりしか
一《ひとつ》、気力に缺《か》くるなかりしか
一《ひとつ》、努力に憾《うら》みなかりしか
一《ひとつ》、不精《ぶしょう》に亘《わた》るなかりしか　……だったか」
標高三九四メートル。江田島にあって全島を統ずるように座する霊山古鷹山《ふるたかやま》に、榎田たちは、幹部候補生学校時代、幾度となく登らされた。
山頂には東郷元帥の書とされる、この『五省訓《ごせいくん》の由来』を認《した》ためた木看板が立っている。
登頂後は全員で、木看板の前でその「五省訓」を唱和させられた。
榎田も古鷹山に目を遣った。

『教務船務課程は二ヶ月ほどか。その間一度は登ってみよう』

遠洋練習航海を終えた幹部実習生たちは、その後の一年間の水上艦勤務の前に、江田島の第1術科学校での教務を受講する。

「またお世話になります」。古鷹山に向かって敬礼する同期もいた。

フェリーは三〇分ほどで小用港《こようこう》へ着いた。小用から海上自衛隊第1術科学校、通称「1術」行きのバス停へは実習幹部たちの足は自然に向かっていった。

小用からバスで二〇分ほど、海上自衛隊第1術科学校正門前で降りた榎田たちの一人が口を開いた。

「術科のプロたれ、か」

「術科のプロが作戦を遂行し、戦闘を制す、だ」

四つの術科学校のうち1術は江田島に設立され、水測始め砲術、水雷、航海、船務などの術科で構成される。第2術科学校は横須賀の田浦にあって機関を主とした艦船装備などの術科、第3は千葉県下総で航空、航空基地についての術科、第4は舞鶴校で業務、管理、補給経理などの術科が設けられている。「術科のプロたれ」は各術科学校の歴代の校長の言葉である。

1術で船務課程を受講するよう令されていた榎田は、履修期間が比較的長いといわれる二ヶ月の課程を終えれば船務士となり、続く一年間の水上艦勤務では船務要員に配属され実地に赴く。

課程を終えた榎田は、初めて士、隊内でいう士《さむらい》と認定され、資格を伴う専門知識を得た自衛官として、作戦の一翼を担う緒に就いたと思った。

十二月末、榎田は護衛艦「いずも」での翌年一月からの勤務を発令された。

横須賀を定系港とした、第一護衛隊群第1護衛隊所属の、全長二四八メートル、基準排水量一九五〇〇t、建造に一二〇〇億円を費やし、同型1番艦「ひゅうが」と同じく全通式甲板を採用した海上自衛隊最大のヘリ空母護衛官「いずも」には、常時五機の対潜ヘリSH60Jが配備され、対潜艦隊旗艦訓練、いわゆる空水協同訓練の旗艦としての行動が要求される。

「いずも」と搭載ヘリコプター、並走する駆逐艦型護衛艦による対潜哨戒と攻撃訓練は、これから潜水艦乗りになる隊員にとって、避逃と攻撃方法を学ぶ実戦に近い訓練であった。

訓練中、接続水域付近を航行中の外国籍艦が接近してきたとき、砲口をこちらに向けられるなど緊迫した場面に遭遇することもあったが、対潜ヘリの航続距離や連続飛行時間、或いは「いずも」の潜水艦探索性能などを経験した。

疾駆するが如くの「いずも」での一年の生活も終わりに近づいた十二月二十八、翌二十九と二日に亘る、護衛艦「はたかぜ」、「たかなみ」、潜水艦「こくりゅう」、「なるしお」を伴っての訓練は、榎田たちの実習幹部としての最後の水上艦訓練でもあった。

十二月三十日、榎田は「いずも」の艦長室に呼ばれ、艦長池長惣一《いけながそういち》一等海佐から、

「海幕から通知が来た。潜訓入隊おめでとう」、と伝えられた。

本人の適正及び希望、部隊の要員要求などが鑑みられ、結果榎田が希求する潜訓、「潜水艦教育訓練隊」への入隊が叶った瞬間だった。

「はっ。あ、ありがとうございます」

「明けて一月三日を退艦の日とし、潜訓着隊は一月六日〇九《まるきゅう》：三〇《さんまる》」、と指示された。

一月三日一〇：〇〇、礼装に身を固めた榎田は、「いずも」艦長室に向かった。

「榎田三等海尉本日退艦いたします。一年間本当にどうもありがとうございました。副長始め、皆様にどうぞよろしくお伝えくださいますようお願いいたします」

池長一等海佐は机の上のマイクを手に取った。

「船務要員榎田三等海尉がまもなく退艦する。手の空いている者は甲板に」

上甲板で、整列して敬礼する乗員の前を敬礼したまま歩を進め、タラップを降りたのち振り向いて、帽振れの隊員たち、そして艦に敬礼を返した。

しかし潜訓入隊が決まったからといって、必ずしも将来潜水艦乗りになれるとは限らないのは、入隊員全員の知るところである。

これから始まる「潜訓」での訓練は潜水艦乗りの基礎を学ぶもので、卒業後も様々な訓練を経て適性を試され、空席の関係もあり、順調に行っても潜水艦艦長になるには潜訓卒業後十五年ほどの歳月が必要とされる。


呉駅の改札口を出ると、気持ちは、幹部候補生学校入学以来何かと世話になった海上自衛隊呉地方総監部へと向かうが、「潜訓前」を通るバスに乗った。

車窓からは見知ったアレイからすこじま公園が臨まれ、護衛艦用バースには、榎田を出迎えるように海上自衛隊第4護衛隊群第4護衛隊所属「かが」、「さざなみ」の両艦が停泊していた。

潜訓庁舎に足を踏み入れると、踊り場に掲げてある、

「潜訓は、潜水艦術科の殿堂

潜訓は、潜水艦乗りのふるさと」という字句が目に入った。

潜水艦艦長になるに、天命を待てるぐらいの精進はしなければと榎田は思った。

潜訓で受ける幹部潜水艦課程のうち入隊から三、四ヶ月は、潜水艦の構造始め、艦隊演習での潜水艦の行動など机上演習、所謂る座学であるが、その後はダイビング・トレーニング、通称ダイトレ、即ち設備を使っての訓練始め、アタック訓練など実地に近い訓練となる。

江田島に点在する設備も利用するため、呉、江田島を頻繁に行き来することになった榎田始め、今回の十六名の潜訓入隊幹部実習生たちは七月一日、全員二等海尉に昇級した。

十一月十六日。潜訓での全教練を終えて乗艦実習のため榎田は、横須賀市楠ヶ浦《くすがうら》に本部を置く、海上自衛隊第1護衛隊群第2潜水隊群司令部横須賀潜水艦基地隊に配属された。

横須賀の、幹部実習生用の宿舎に荷物を置いて休む間もなく、第2潜水隊群司令官敷島一等海佐に着任の挨拶を済ませ、十一月十九日、「りゅう」型最新型潜水艦「らいりゅう」に実習幹部として乗艦した。

十一

湾内に居並ぶ艦船を見渡したのち、揺らめく陽光を纏って巨《おお》きな鯱《シャチ》の様に見える「らいりゅう」の艦首から艦尾までを目でなぞった。

『何をやってももどかしさを伴う幼いころや、少年時代の、行動が先んじた思い出に覚束なく浸るのはもともと好きではない。

しかし、防大入学からここまでの確とした生活はひと括《くく》りにし易い……』

乗艦前検量を終えた荷物とともに後部脱出筒から艦内に入った。艦床に両足が着いたとき、漠然と――、気分といってもいい――、榎田の脳裏に何かが浮かんだ。

『この、初めての本格的な乗艦訓練の中で、もし機会があれば艦を沈める方法を窺えないものか……』

艦内生活の中でその考えは消えたり生まれたりしてもいいが、回想は防大入学から潜訓を卒業して今日の乗艦までとするのは、艦内が極めて狭く、どこに目を遣っても、どこを触れても潜水艦であるということも一因か……』

横須賀を出航した後、現在の水深一〇〇メートルに至る航程において特段の異常は見られなかったため、演習計画に従って艦は、速度を原速から一〇ノットに落とし、二〇メートル沈降ごとの水平航走時間を十五分にして深度三〇〇メートルまで沈降する公試訓練に入っている。

深度が増すと内殻、外殻に予め設けてある遊び部分が収縮し、艦全体を締め付ける音が各区画で起きた。

直の間を縫って榎田は第2防水区画最下階の電池室に何度か足を運んだ。エンジンの燃料吐出信号線の在り処《か》はすでに解っていた。

艦が三〇〇メートルの深度でバッテリー航進になったとき、榎田は点検を装って電池室に行き、燃料吐出信号線の裏側の被覆を剥いだ。信号線は五〇本ほどの細線を縒《よ》り合わせてあり、その内一本を残して断線し、発令所に戻った。

細線一本では容量が小さく、エンジン稼動時に流れる電流に耐え切れずに破断する可能性が高い。

『機械というのは必ず急所がある。次にエンジンが掛かるとき線がうまく飛びますように、か。仮に飛ばなかったとしたら、この計画、いや殆ど思いつきによる仕掛けは、自分の心変わりも含めて次回持越しとしよう……』

発令所パネルの電池残量表示から、榎田の予想通り二〇分程して、エンジンは掛かろうとしてすぐ止まった。パネルにエンジン・ストップの異常を知らせるマークが出た。

直長島野が潜航管制員井村一曹に訊いた。

「どういうことだ」

「確かめます」

「取り敢えずメインテイン・デプト。速度もだ」

「メインテイン・デプトっ。メインテイン・スピードっ」

「バッテリー残量は一五〇ちょい切れか。様子を見よう」

エンジンが起動するまで推進を停止して、原因が究明できるまでこの状態の艦位を維持するのも一つの方法である。が、故障原因を探りながら、なるべくバッテリーに負担をかけないようにして浮上するのが潜水艦訓練上の常道である。

水深三〇〇メートルからメイン・タンクをブローして浮上するのはバッテリーの消費量が大きすぎる上、二〇〇メートル以深でブローしようとすると、海水が冷たいためジュール・トムスン効果により、排水口に氷が付着してブローできなくなる可能性が高い。

島野が井村にいった。

「取り敢えず上昇力を見よう」

「仰角三度はどうでしょう」

「そうだな。仰角三度。適正だ。メインテイン・スピード。仰角三度」

「メインテイン・スピードっ。仰角三度っ」

パネル右上の潜水艦のマークが船首を上げた形となり、その下に「up 3 degrees」と表示された。

更にその下に一〇〇分の五・二二三を表す分数字が表示された。仰角三度での航進は、距離一〇〇メートルを進行すると約五・二二メートルの浮上を意味する。

三〇分ほど経って、艦は仰角三度とした時点から九キロメートル程進み、その間約五〇メートル浮上した。

「この海域では不審船はいないようですが……」

「そうだよな。現在位置確認」

「ソナー・マン、発令所。現在位置確認」

画面下側に深度二四五、北緯二九度三一分東経一三〇度一一分と出た。

電池残量アイコンを見ると、エンジン停止が長引き、その間充電出来なかったとしても、この深度から仰角三度、速度一〇ノットでは、二時間ほどでブロー浮上出来る現在の艦位である。

艦位測定のため何度か発信すれば訓練の機密性は損なわれるが、島野は艦の安全を優先した。

「機関室、発令所。エンジン停止の原因はどうか」

「発令所、機関室。探索中です」

「どのくらい掛かりそうか」

「解りません。その都度連絡します」

深度二〇〇メートルまで上昇した。電池残量は一一〇になった。

「電気食ったな。しかしどうあってもここまでは来なくてはならんしな。三〇分ほど様子を見よう。航進停止」

「航進停止っ」

密度の高い三〇分が始まった。次直の哨戒長柳下一等海尉が発令所に来た。

「どうしましたね」

「エンジンが掛からないんです」

「いやね。計画にない演習でも始まったのかなと思ったのと、この辺、この深度だと内部波が変わりやすいの知ってるかと思ってね」

井村は、

「海水温度境界層も一定してないようです。多少潮流が強くてもここから一〇ノット、仰角五度で航進して深度五〇メートルまで上昇すれば、電池残量ぎりでブロー浮上できると思いますが」

島野も、

「確かにこの辺りは厄介な海中域だ。慎重に行こう」

一〇〇メートル以深で艦の常態を維持するのは、潮流を主にした水質の関係で、他の海中域より縦、横、潜の各舵とプロペラを細かく動かす必要がある海域である。

更に三〇分が経った。海中象を勘案した機関室各員と潜航管制員の連携で、艦は潮流に身を委ねたような動静、つまり電気量をなるべく使わない、「流木」状態を保っている。

島野は管制員に令した。

「速度一〇ノット、仰角五度」

「速度一〇ノット、仰角五度っ」

奈津木が発令所に来た。パネルを見ながら島野から、艦の現状を聞いた。

榎田は思った。

『この艦はスターリング・エンジンを搭載している。そのための訓練はしたことも聞いたこともないが、スターリング・エンジン稼動用の酸素ボンベから酸素を取り出せば乗員の生活は続けられる筈だ。酸素残量から、乗員の生活を最優先にして計算すれば、あと何日、全員生きていられるかが解る。酸素の量は結構多い。その間、基地が気付いて救難に来る筈だ』

『――とすると……。この方法、エンジン停止で沈没させるのは時間がかかり過ぎる。機関科員が、エンジン停止の原因を究明する前に艦を沈没させる方法はある。単純に艦殻に穴を開ければいいのだ。

潜水艦は常に艦内気圧を1に保つように設計されている。

しかしこの深度では、訓練で習ったよりも遥かに高い浸水力の筈だ、浸水で電気系統が壊れるのも沈没の追い討ちとなるだろう』

艦体の第二区画は三層からなり、最上階を発令所が占め、二階は機器区画、最下層が前部電池室である。続く第三区画の最上階は士官室、二階は科員食堂となり、最下層は後部電池室となっている。前後部電池室の前後と中間に扉はなく、出入りは各直上階との間にある円扉を利用する。

『艦を沈める方法は決ったと考えていいらしい。また、行為の過程で決意も徐々に固まってゆくのを期待していいのか。実行する勇気が体に充満するだろうか。

今、機関科を中心として、乗員の殆どはエンジントラブルの解明に傾注している』

榎田は第四区画を占める機械室へ向かった。当直機関科員に、エンジン停止の原因究明の進捗具合を訊くために来室した旨を伝える様相で、工具入れからハンディー・ドリルと相当のサイズのドリルを取り出した。

第二区画の電池室に向かった。向かいながら、

『人生というのはヘアピン・カーブみたいなものだ。自分の意識のない、永遠なる彼方からこの世にやってきて生を持ち、死とともにまた永遠の世界に帰ってゆく。カーブにいる間だけが人生という名の時間だ。短いものだ』と考えたりした。

『仮そめの宿りなどというい方もこれとよく似ている。

人生の節目の刻印は、自分なりに押してきたつもりだが……。

人生八十年なら八十年の時間の中でも、子供の頃は特に、二十五、六歳までは自分として生ききったとは思えない。また六十過ぎれば体力も思考も覚束なくなる。結局のところその間の四十年そこらが自分としての年月だ。

防大入学から今日に至るまでの七年間は、中身の濃い時間ではあったとは思うが……。この、幹部実習生を終えても休むことはなく、先は、海上幕僚長を目指して体力と知力を養うのが自分たちである。人生は型に嵌められた——。

……艦を沈めるという想像に対する酩酊はもう過ぎた。そろそろ実行するという自信が地に足を着けて進み始めていると考えていい頃か』

最上階が発令所の、第二区画最下層、前部電池室の内殻の材質、高張力鋼は三〇㎜程の厚さである。

榎田は、電池室の電池の一つから電源を取り、六㎜のドリルで側壁に穴を穿《うが》ってみた。タンガロイの超硬ドリルは思った以上に穿孔力《せんこうりょく》が強く、内殻を貫通するか否かのときに水が滲み出してくるのに一分と掛からなかった。

開けられた穴から勢いよく海水が噴き入った。避《よ》ける間もない榎田の腹を打った。急いで反対側の側壁に行って、またドリルを立てた。各穴から入ってくる海水は三メートルほど飛んだ。

『あと三箇所ほど空けたほうがいいかな』と思ったとき、艦内に警声が鳴り渡った。

『何らかのセンサーが働いたか』。警声は、五、六回目から途切れるようになり、ノイズも入ったが続いた。

『浸水で電気系統がショートしたか。しかし発令所では、どこに異常が発生したかはもう解ってる筈だ。

原因も見れば解る。しかしこの水勢は凄い。これを制するのはかなり難しい』

電池室の水嵩《みずかさ》はすぐ高くなった。既に電池類は殆ど水浸しになった。

榎田は電池室から二階の機器区画に上がっていき、二、三階を区切る円扉を閉めた。当分二階への浸水はないが、殆ど総ての操艦動作には電気が介在しているため、『電気が使えなければ艦は単なる鉄の棺となる筈だ』と思った。

十二

予備の鉛管服に着替えて榎田は発令所に向かった。

発令所で艦長、潜航管制員井村一曹らと軽い敬礼を交わし、ディスプレイ・パネルを覗いた。

井村は、

「艦長。前部電池室に異常が発生しているようです。全体的に電気系統にも」

奈津木は命じた。

「直長。行ってみてくれ」

島野は足早に発令所直下階、機器区画へ降りる円筒口へ向かった。前部電池室は更にその下の階である。

発令所周りの電灯の一つが消えた。井村が、ポケットからペンライトを出して近くの突起に掛けた。

「各陀が動かなくなりました。プロペラは動きます。今んところ」

パネルにはモザイクが入り、ノイズも出るようになった。バッテリー残量は見る間に減ってゆくのが見て取れた。

艦尾が下がった。

動力不能或いは浸水、またはその両方で沈没するかも知れないと、発令所周りの乗員始め、殆どの乗員が判断するに充分の状況になった。

「この電量だとブローは無理です。プロペラ推進するにも三陀とも殆ど動きません」

発令所に戻った島野が叫んだ。

「前部電池室が水浸しです。冠水五〇センチほどです。内殻側壁の三、四ヶ所からかなりの勢いで海水が入ってきてます。原因は不明。防水に掛かります」

奈津木は島野に伝えた。

「防水が難しければ前後部の電池室の区画扉を閉鎖して戻ってくるように。

各部署の当直員は、発令所への動線の確保ができなくなると見れば直ぐに、他は全員発令所を中心に、士官室、科員食堂へ来るように伝えてくれ」

島野は近くにいた乗員に、

「艦内通信系は当てにならない。各区画に行って直外乗員は発令所に来るように、当直員も部署作業には早めに見切りをつけて、発令所隣接区画に来るようにいってくれ。機関室員にもだ。――と、西田、中本、前部電池室側壁から浸水っ。穿孔五ミリないし二〇ミリ、水勢かなり強い。防水っ」と命じた。

発令所の後方区画は士官室で、さらにその後ろの区画には、スターリング・エンジンとその燃料のケロシンのタンクが設置してあるA・I・P室である。演習計画の期間に関係なく、出航時、燃料は満量にするので、A・I・P室にはエンジン稼動用の酸素ボンベも十六本置いてある。

『酸素を乗員生活用に使うにしても、継ぎ手を外すか配管に切れ目を入れるか、或いはボンベに穴を開けるかぐらいだ。

仮にボンベに穴を開けるにしても、高圧の酸素に対し、どの位の径の穴を開けるのが適当か解ったもんじゃない。

第一そんな訓練はしたことがない。したことのない訓練に対しては、命令があるまで誰れも手を出す訳がないのもこの世界だ。

計器が殆ど作動しなくなってきたのは、海水が前部電池室から後部電池室へ入ってきたのだろう。防水作業は全く追いついていないようだ』

発令所に集まってくる乗員は一様に青ざめていたが、針が振るえていたり、電光数字が一定しなくなった計器を見て顔を見合わせていた。

『救助隊はすぐ来るわけではない。連絡が途絶えて、本艦の航路を予想し、救難艦が頭上に来るまでは相当なる時間が掛かる上、来たからといってＤ・Ｓ・Ｒ・Ｖの投下を含めダイバーが潜降してくるまでもかなりの時間が掛かる』

乗員の一人がいった。

「着低までどのくらいですかね」

井村が答えた。

「さっきの艦尾の下がり具合と艦全体の沈降具合、この海域の以浅深を考えると……、三、四〇分てとこかな」

「この辺の浅深度は、――」

「大体四〇〇メートルってとこだ。異常が発生してからの経過時間を考えると、この等深線図と現在位置とはそんなには離れてないはずだ」

潜望鏡周りにいた乗員が、狭い中で左右に別れた。現れた先任伍長の佐荏田を見て島野

は、

「貫禄のお出ましですね。ご意見、頼りにしています」

「ほぼ教科書通りとなりますが、この辺の底状は台地で、フィリピン沖からハワイへ伸びる通称太平洋東域海嶺の支線が近所にあるところですな。他に山らしい山はなく、海嶺の幅は約二〇〇メートル、高さは三〇メートル平均。傾斜は緩やかなので、その海嶺に引っかかるにしても着底はかなり安定したものと考えられますが……」

仰角五度ほどを保ったまま艦はゆっくりと沈降している。井村潜航管制員がいった。

「艦尾が触底します」

乗員たちは周囲の把手と思《おぼ》しきに掴まった。艦尾が先に、そして艦底が海台に載った。ほぼ水平に着底した。

佐荏田は続けた。

「救難艦が来るには時間が掛かりすぎます。そこで酸素は酸素、――」といったとき奈津木が、

「エンジン稼動用の酸素を生活用に利用してみる。ボンベに直接穴を開けるか、パイプのどこかに亀裂を入れるかだ。直長っ」。島野に伝えた。

「……方法、内容は任せる――」。島野が周りにいた乗員の三人に命じた。

榎田は、

『予想を超えて環境の方が先に整った。この分だと到底後戻りは出来そうにない。要するにこのまま進み、水死か酸素不足の呼吸困難で死に至るのは自明だ。

計画は殆ど成功と捉えていい。が、死に対する心の準備が未だ充分とはいえない中、経験したことのない勇気を持って事態の進展に追従することになったのは確かだ。

今更犯人が自分だといっても、事態が変わるわけではない。これを開き直りというのだろう。

ここはぶれない自分を信じよう。男らしい振る舞いが求められる状況になったと思ったとき、その事態に対峙、行動する自分が、いつもの自分を超えて男らしく演じきれるかどうかも見ものだ、と思った。

何に対しても感動の乏しい自分は、このように死に直面する状態でも感情のうねりを感じないでいる。要するにこのまま意識がなくなる筈だ。寝たときと同じだ』と思った。

円扉を閉められた二つの電池室はほぼ密閉され、他室への浸水はまだない。発令所、士官室、科員食堂、A・I・P室の四室に乗員が集まり、他室の扉が閉められれば、A・

I・P室の酸素はこの四室で利用することになる。奈津木は、乗員はこの四室にいるよう命じた。

酸素ボンベの内圧は二・二キロである。ボンベの酸素を出すことによって艦内圧力が二・二キロになれば自圧では、それ以上酸素は出ない。

潜水艦救難艦「ちよだ」が、「らいりゅう」出航後どのような演習計画を課せられて横須賀基地を出港したか、或いは未だ基地内に錨泊しているのか、奈津木始め「らいりゅう」の乗員は知る由もないが、

「最悪、『ちよだ』が横須賀から出航したとしたら、ここまで約一二〇〇キロ。五戦速で来ても三〇時間はかかるぜ」

「順調に来たとしても、救助作業が始まるまでの七、八時間は足さなきゃな。この深度だと飽和潜水員のお出ましになるはずだ。第一、こっちの艦位をどうやって知るってのよ」

発令所周りでは、「ちよだ」が到着するまで何時間ほどかかるか、「あとどのくらい生きられるか」など、動機も含め、犯人探しが始まっていた。

十三

バッテリーが使えなくなり、エンジン稼動用の酸素の、乗員への供給が始まってから七時間が経った。

点灯しなくなった各区画の電灯の代わりに、ところどころに掛けてあるランタンに照らされた乗員の顔には、高くなった艦内気圧のため脂汗が浮いてきていた。ハンカチで顔を拭いながら榎田は、

『自分たちではどうにもならなくなった状況の中で、艦長始め、直長や長付たちは原因や犯人を探ろうとするが、俺がこの事件の犯人だと解ったときの、特に艦長とのやりとりはどんなものだろうか――。

――お前の……。

お前の、この事件を引き起こした動機、理由を知ったところで、最早一体何になるのかとは思うが、実習幹部……。

救助が間に合わなければおれたちは死ぬ。が、海自の隊員として、特に俺は、「らいりゅう」の艦長として死に至るまで、どのような行動を採るべきか、火急の事態が発生したとき、できれば人間としてだが、少なくとも艦長としての行動を考え、行動するのは、ある意味易しい。

乗員の不安を出来るだけ除き、落ち着いて、いや落ち着いた振りをして指揮を執ればいいのだ。こんな状態では指揮の内容も知れている。

しかし、将来がまだ十分あるお前がこの場を利用して状況をつくり、或いは独りで死ぬのが耐え難いとかの理由で、俺らと一緒に死ぬというのはどういうことか……。この状況ではそれも訊く意味はないか……』、などと想像した。

『エンジンを止める、艦に穴を開けて浸水させる、という行為が殆ど神経や労力を費やさずに出来た割には、艦の状態は自分の当初の目的に沿って加速度的に進み、予想するにた易い、乗員の心身の苦悩とともに終末に向かっている。

自分が引鉄《ひきがね》を引いたのだが、引き返せなくなった事象を迎えきる強さ、開き直る自信が自分には備わっていたということ、と思っていいか――』

『犯人が自分であることは時間を分かたず知られる筈だ。殺してやろうかという者も出てくるに違いない。吊るし上げになるだろうが、だからといって事態が好転する訳ではない』

艦とともに命運をともにする乗員に向かって、どういう言葉を放つか榎田は考えた。『ここから先は想像するに易い。刻一刻と迫る死に対する乗員の恐怖感、それに伴う表情や行動——。

そして艦長奈津木二等海佐が自分と話すときがあれば、話題に載ってもらいたい材が一つある……。

呉市鯛乃宮《たいのみや》神社に祀られている、一九一〇年四月十五日岩国市新湊沖で発生し、艇長佐久間勉大尉以下十四名の乗組員全員が殉職した、第六潜水艇沈没事故である——。

ときに佐久間艇長三十歳。艇は、エンジン排気筒からの浸水という事故で十七メートル下の海底まで沈降し、救難艇の到着が遅れたこともあって翌日引き揚げられ、全員の死亡が確認された。

事故発生時刻は出航後間もない一〇：四五頃と推定されているが、引き揚げ後艇内を見ると、乗員の遺体は各持ち場を死守したと語っていた、という。

薄れゆく意識の中で艇長は航海日誌に、部下を思い遣る遺書まで認めていた。

後に、艇長の出身地、岩国新湊に慰霊碑が建てられ、英王室海軍潜水艦資料館は館内に本件の資料を展示し、米国立図書館においては玄関横に艇長の遺言を刻《きざ》んだ銅版が設置された。

潜水艦艦長の範となるような佐久間艇長以下、他の乗員たちも持ち場を離れることなく職責を全うしたと想像できる艦内状況を、現在の海自隊員と比べてどう思うか――』

榎田を従えた佐荏田先任伍長は、艦長室の扉をノックして開けた。

佐荏田は、腰掛けていた奈津木に訊いた。

「私もよろしいでしょうか」

「榎田実習幹部だけにしておこう」

佐荏田は辞し、榎田は立って奈津木からの言葉を待った。

「……理由を訊いても無駄なようだな――」

「……」

「乗員の命があとどのくらい持つか考えたことがあるか」

話の間も、高くなった艦内圧に対し耳抜きをするため、二人は何度も唾を呑み込んだ。

自衛隊という階級社会で、しかも二等海尉が二等海佐と対等な会話をする勇気が自分に湧いてくるのを榎田は感じた。

『最初のひと言か――。艦長で、二等海佐の奈津木にお前といえるか。同期の隊員たちに云うような言葉と態度でこの場に臨めるか』

思い切って口に出してみた。

「単なる勘だけど……。単なる勘にすぎないけど、あと二、三〇時間てとこかな。しかしこの艦が浮上することはない。『ちよだ』が来る前にみんな死にます」

指を折る怪我をして悪寒に包まれるような痛みを感じても、痛みは痛みと何の感情も抱かなかった自分であったが、榎田はこの口調で言葉を放つ自分に大きな充実感を持った。続けられると思った。

『どの道自分に手は出せない。どこかの部屋に閉じ込めたりしても、何の意味もない』

奈津木が続けた。

「艦長としてどのような行動を採るべきか、模索しているところだ。今、一つの結論が出た。乗員全員に紙とボールペンを渡そうと思う」

「遺書でも書かせるってことですよね。艦長としてはどんな記述が、航海日誌の最後のページになるかですね。

書いている間に意識がなくなり、そのまま死に至る公算も大きい」

「俺としては部下五十七名全員の最期を見届けてから死にたいとは思っているが、この場合誰が先に行くか解ったものではない。

第六潜水艇……」と奈津木が云ったとき、榎田は口を挟んだ。

「やはり出ますね、その話――。

潜水艦乗りは大概のところ心に銘ずることは同じなんだな。下の者を統ずる立場にある人間がどんな行動を採るか」

奈津木は続けた。

「艇長佐久間大尉のように海自史に輝くような文を残したい、という俗っぽさは持っているが、文才も持ち合わせておらんし、第一俺の意識がいつなくなるかだ。

明日銃殺刑に処されると解っている若い軍人が、ペンの先から血が迸《ほとばし》るような文章は俺には書けん。

お前が犯人だと記すのも止めておこう。

水深約四二〇メートルか。引き揚げられないわけではなさそうだが、引き揚げられた艦体を見れば、人為的な事故であることはすぐ判明する。誰が何の目的で、と推測させるのも面白い。

要は、艦長としてとか海自隊員として今どうあるべきか、などの考えは頭に浮かべたくない。残りの短い時間をどう過ごすかを模索している最中だ。早く意識が無くなったほうが楽というのもある」

榎田は、奈津木は自衛官としても、普通の社会人としても無理のない、しかし確固たる考えを持っているな、と思った。

もっと前にこの男と知り合っていれば、少なくとも海自隊員としての自分の生き方に取り入れるべき考えに接することは出来たか――。

榎田は黙って艦長室を出た。佐荏田が待っていた。

佐荏田に従って榎田が艦長室に入った時点で他の隊員は大方の予想がついていたらしく、何人かは二人を囲んだ。

「何だってこんなことするんだ」

「きさま殺すぞ」

「お前だって死ぬんだぞ。助かる方法をお前は知っているってのかっ」

ひと通りの台詞が榎田に浴びせられる中、榎田は立ち続けた。辺りを見回した。

深い沈黙が漂い始めた。

雪《ゆき》解《げ》雫《しずく》

一

――応永六年と聞いております――

小井戸の水も日毎に冷たくなってきている。

その端《はた》で、すっかり顔なじみになった若い僧の一人と言葉を交わしていると、この寺の開基の話になった。

そこから数え足してゆくと今日までで二百六十年余となる筈である。

「――その間一度の災禍にも遭ったことがないとも聞いております。――」

江戸城に約五里と近く、本堂を中心とした大小五棟の建物の規模を持ちながら、宗派による諍いにも、政《まつりごと》による争いにも関与することなく今日にいたるという、山号を生心山《しょうしんざん》、寺号を東圭寺《とうけいじ》とするこの浄土宗末寺は歴史の外に座している感である。

境内南側に展《ひろ》がる池には季節になると三千株を超える蓮を浮かべることから、地元の人々からは蓮寺《はすでら》とも呼ばれている。

春の蓮の薄緑は夏になると深くなり、白花を載せて水面を覆い尽くし、葉の合間に覗く水には大小の緋鯉や真鯉が見え隠れする。彼岸の墓参りの時節に限らず、晴れた日には、池の周りで弁当を広げたり子供を追い掛け回したりして遊ぶ親子をよく見かける。

南奥には小柵に囲まれた六百基ほどの墓石が居並び、墓参りの人たちは池を廻っても、また池を二分する掛け橋を渡っても墓所に向かうことができる。

冬、葉が落ちて、残された茎が作る曲直の模様は水面を境に上と下が繋がり、幾本もの黒い骨を刺し込んだように見える。風のない日は夕映えも上と下とで二つ作られ、水に浮かぶ夕陽をときおり水禽が掻き混ぜに来るこの季節の風景は、この寺と親しくなってから風情と覚えるようになった。

建物の屋根々々は隈なく緑青に覆われ、四季の陽射しや風雨を一様に収斂《しゅうれん》して、いつも鈍色《にびいろ》を留めている。

ひとり口の読経が始まり、続いて五人程の唱和が従い、更に数十の口の唱和が重なって暫く続いたのち、一点鉦を機に一気の沈黙となる。やがてまたひとり口の読経が始まり、五人ほどの唱和が従い、そして全員の唱和となって一点鉦で終止、となる読経方が幾度も繰り返されていた。これを山門下で聞き入っていると寺用人から声を掛けられ、薄《うす》茶を馳走になっていると、読経を終えた住職とも面識ができ、話の中で、このところ近在の檀家の子が増えたこと、場所はあること、

「——ご次男になりますか……」など交わした。

話はさらに進み、ここに読み書き指南所を始めるにそれほど時は移されなかった。庫裏に近く、もと用人達用という建物が供され、日々朝の陽光に背を押されながら子らと通い始めてから二度目の冬が来ようとしている。

五年足らずの慶安の治が承応と改元された今年の十月も半ば、蓮池の端に薄《すすき》が見えるようになった一日《じつ》の午後、ここに通う子供たちの一人が、さっき庭職人が置いていった梯子を使って屋根に登ってみた、「くぼうさまのお城が白く見えた」と言っていた。昨日は、「食べ頃になった」と言って柿の木に登っていた、京漬屋の子信二である。やんちゃは程を考えるよう柔らかく伝えてから見送ったのち、日和の良い時の慣《なら》いにしている、竿と床机を持って小宮尻湖に足を向ける。今日は、「供え物のおすそわけです。少しですがやりなされ」と納所殿《なっしょどの》に貰った徳利も手にしている。湖畔の見慣れた所に腰を下ろし、糸を垂

らす。もとより釣果を期するものではない。時おり風が水面を撫でて行く。水の底には、筋雲が沈んでいた。徳利を口にする。この、時の移ろい具合に、気は落ち着く。

小半刻ほど経ったであろうか、背後の空気が揺らいだ。

「右之介《うのすけ》」

兄、左真之進《さまのしん》の声である。立ち上がって一礼した。

「母上が心配しておられる。これを遣わされた」

受け取るか躊躇《ためら》う前に、懐紙に包まれた幾ばくかの金子と思《おぼ》しきが懐に押し入れられた。

兄はすぐ背を向けようとした。

「いずれへ」

「下屋敷」

交代により、この年大殿は封地《ほうち》に帰られた。参勤により大殿が在府のときは大殿を始め、勤番供回りの、交代のときは大殿のご家族、留守居役たちの警衛が任である当嵯峨家では、大殿不在のときは殊に江戸屋敷に気が遣われる。

踵を返した兄の、背に皺の立たない後ろ姿を見送った。

暫くして竿に手応えがあった。波紋を二つ三つ作りながら鱒が糸先で踊っている。魚籠《びく》を持ち合わせてないので針を外し、傍らの草地に置いた。

西日が髷に巣食い始めている。

水に浮いた自分の影にもう一つが重なった。中々に動かない。首を回すと、年格好は似たような浪人風が立っていた。身なりに比べ、通った鼻筋と涼やかな目元が高禄の家の出と伺える。目を浮子《うき》に戻した。男は傍に腰を下ろした。

「この魚は食えるか」

「いかにも」

「……」

「火はないが、試されい」

「どのように切り申すか」

小柄《こづか》を抜いて、手早く鱗を削り取り、切れ目を入れて、湖水の中で揺り動かせてから男の眼前に持って行った。男は受け取って食べ始めた。

「飲まれるか」

「頂こう」

男は徳利の酒を一息、ともう一息飲んだ。口を拭いながら、

「申し遅れた。筑前は福岡家家臣竹田喜三郎《きさぶろう》と申す。まことに以って申し訳ないが、返す物とて何も無い」

「なんの。これよりいずれへ参られる」

「行く当てもない。陽のあるうちに町道場へでも行き、庭仕事にでもありつければと思うとる」

「これを持たれい」

先程の懐紙を中を改めずに手渡そうとした。

「かたじけないが、謂れの無いものを受け取る訳にはいかぬ。これにてご免」

「上州高崎は松平家家臣の嵯峨右之介と申す」

男が去って汗の匂いが残った。

家光公が将軍在職の時ことに減封、転封、除封、果ては改易とよく耳にし、それに伴い近頃、関ヶ原以来仕官の道を絶たれた者たち、その子たちを主とした浪人の姿を多く目にする。

昨慶安四年、出自を駿河の国とする由井民部輔正雪を謀主とし、豪農、僧侶、小米旗本も含み、連累二千名を超えて、江戸と駿府を結ぶ謀叛が企てられたのも、増える一方の浪人たちの気運の表れであろう。

同年、家光公御逝去と同時に、将軍は御歳十一歳の幼少家綱殿に譲職されている。家康公の代より秀忠様も、将軍職は地位として若き次代に譲られたものの実政は大御所として握っていたが、「余は襁褓《むつき》の時より将軍なり」という家光公は大御所には一度もならず、自らの死去に伴い、職を幼子に譲ることとなった。しかし、公の遺命に従い、家綱様叔父保科正之殿が城詰めの後見人に、重臣として先君から引き続き酒井讃岐守忠勝殿、松平伊豆守信綱殿、阿部忠秋殿らの老臣が輔相となり、政体は、それまでの将軍一人中心の武断の治から、将軍職は代々世襲としておき、合議による文治の時になろうとしている。

今年ものちに承応の変とされた、牢人戸次庄左衛門《とつぎしょうざえもん》、林戸右衛門《はやしべえもん》らが首謀した、秀忠公継室崇源院《すうげんいん》様二十七回忌の法要が行われるおりの増上寺を焼き、出席の老中松平信綱様らを討つ謀計が事前に征された事件があった。

軍戦の時代が終わり、治世を固めようとする幕政と、それに反駁するものたちとの争いは暫く続くだろう。

家は兄が継ぐ。自分に合う養子の口を探すのも面倒で、また弓箭《きゅうせん》の道にもなじめずに町人の世界に入って、気の置けない者たちと付き合ってきたこの二年程は、肩の力は抜け、気を平らかにして生きてきたような気がする。

予期せぬことに鱒がもう一尾釣れた。それを機に腰を上げる。大小が腰に窮《きつ》い。

町内の番屋に居座る、爺や酉衛門《とりえもん》と松太郎《しょうたろう》の前を通って佐平長屋に戻り、棒手《ぼて》振り、即ち魚売りの隣りの自居の、このところ立て付けの悪くなった引き戸を開けようとしたとき、

「旦那。それもついでにやっときましょか。格子もだいぶんがたついているようだっし」

見れば、大工の与八である。長屋では、手習いの師匠の引き戸には格子つきのものを使うものと大家に言われ、「長屋用の物置に有るから、勝手に持って行って取り替えなされ」と言われるまま据え換えたのちは、手入れの一つもしないまま今日に至っている。

与八は手に、すぐそれとわかる見台《けんだい》を持っていた。

「何とかできやした」。与八に隠れるように、歳は十二、三の娘が顔を覗かせている。この子も指南所に来ている。かよである。娘に声をかけようと腰をかがめると、さらに父親の陰に隠れて、長櫛だけを覗かせた。

「忝《かたじけな》い。していかほどに」

「余りもんのやっつけ仕事すから、銭はいいすって」

「そうもいきませんに」

「ほんと。いいすって。それよかこの子をよろしくお願いしまさ」

「いやはや何と申してよいやら」

重ねて礼を述べ、見台を受け取った。

手習いの師匠をやっているせいか、はしくれにせよ武士に見えるせいか、まだ長屋の住人にはなりえていないようである。周りの人たちからよく一菜の差し入れも頂く。


このところの毎夜の娯しみは、住職から借り受けた清国の医書とその対和語本を書き写す所業である。漢字による書のため大体のところは理解できるが、対和書は更に手助けになる。各々を書き写して手元に置き、既に持っている五冊程の薬草書に加えるつもりである。見台が二つになり楽になった。

十日程前、小堂から出て来た住職と顔が合い、挨拶しながら、手にされていたこの「気《き》玄素問《げんそもん》」の題を持つ書ともう一冊に目を遣《や》っていると、

「お読みなさるか」と二冊とも手渡されたのがこの書を目にする始めであった。

「気が向いたときにお返しくだされ」

「お借り受けいたします」
十一、二の頃、漢語の手習いの副読本として「内経《だいきょう》」と「傷寒論」には目を通したのではあるが、当時それらは会読用のもので、内容については興の一つも湧かなかったのを覚えている。
もとより「五行」を始め兵書を手にする気は薄い。しかし「仏典に紛れて当寺に来ましたのじゃ」と住職の言うこの船載の書の方は、その字面を見、字句一つひとつを確かめるにつけ気の入り方は尽きない。一番鶏に床に入る時を知らされることもしばしばである。

朝鮮国とともに海を隔ててはいるが、我国とは隋の代あたりから確とした交流を持つ一衣帯水の彼の国は、唐、五代、宋、元、明と主権の交代とともに国号も変わり、我が国に合わせたように正保元年、清と改号している。

仏教もこの国を経て伝来し、それに伴い文化も渡来するのは当然であるが、中にこのような医に関する書も、所謂る唐本として来る。

天文十二年、種子島に「葡萄牙《ぽるとがる》」なる国からの船が漂着して我が国に鉄砲が伝えられ、武事武略をものしようとする者たちの間に「鉄砲記」として広まって一応の効を奏し、また、慶長五年には豊後佐志生《さしぶ》に「りいふで」なる異国の船が漂渡し、その出たる国は耳に

「おらんだ」と聞こえ、以後「阿蘭陀」とされ、それを機に更なる異文化が我国に侵伝するようになった。しかし、寛永十八年他国との交易を長崎出島で、阿蘭陀と清国とのみを主とした策が採られ、異教と異文化の侵延を排そうとするこのところの政風である。

獣肉を食す習慣こそなけれ度重なる戦役の上、もともと切腹、斬首、磔刑《たっけい》と、血肉に関わる事柄の多い我が国であり、腑分けという所業とともに体内の剖見もた易い筈であるが、五臓や六腑の細部についての命名はこの漢方を基とした書のほうが遥かに多い。図説詳論され、また疾病の種類とともに、その因果、療治《りょうや》の方も多々記されている。

耳の見方だけでも左右異なり、片方で二十を超えて命名された点を持ち、そのひとつ一つが内臓や骨、皮肉と関連していると説いている。それにともない、灸による治療法や、適する漢薬や処方も書かれてある。彼の国なりに積み重ねられた、また、国土の各地で起こる疾病や疫病の種類はこちらのものよりずっと多いと見え、対する処し方も自ずと多いのであろう。

我国の医もこの国の療治の法を多く取り入れ、また神農から下る日本古来の薬治方とも混交してきた筈であるが、両を咀嚼消化するには暫くの時を要するようである。

近頃疱瘡《ほうそう》の名をまたよく聞く。麻疹《はしか》はときとして子供の生死に関わることから「命定め」と言われ、疱瘡は顔に痕が残ることから「器量定め」とも言われている。

常にこの国の何処れかの地で、また年による流行りの病いであるが、一日の多くを子供たちと接していると気に留まる。

子が、単に熱を発し、顔にむくみが浮き出した程度であれば、干牛蒡《ほしごぼう》の煎服などが手始めの療法であるが、病気の途中で、これは疱瘡であると判じられたとき、手立てには限りがある。

赤い色を好むと云われる疱瘡治しの神、疱瘡神を家に招じ入れるため、赤布を神棚に敷いて護符の赤絵を置き、病いの子には赤い着物を着せ、肌掛けも赤い織布にし、碗や箸までも朱塗りのものを用いる俗信に縋《すが》ったりする。

この長屋で疱瘡に罹った子はまだいないようであるが、卓効ある薬を未だ聞かないことから、子を持つ親の心配が尽きることはない。このところ井戸端での女たちの話ももっぱらこのことばかりである。

主だった武家には創傷用を主に食当たりなどに家伝の秘薬がある。家康公は各大名に秘法の製薬を公にするよう命じ、御自らも「本草書」を紐解き、宗伯本師を重用して新薬の開成に努め、萬病圓、八味圓などいくつかの薬方を広めた。また足利の代に多く建てられた施薬院から貰い受ける薬も、武士町民の隔てなく手に入らない訳ではない。しかしその種類と量には限りがあるため、売薬を本業として始めた、西は京都伏見の薬舗の数々、大阪の道修《どしょう》町の薬店屋筋に対し、江戸では、日本橋通り四丁目から発した眼薬「五霊香」の店を中心とする薬店街が店数の増加にともない、幕命により、通り三丁目に移されて繁盛していると聞いている。既に、補血強壮に効用が高いという地黄《じおう》、冷えや、貧血などの女用の薬として当帰《とうき》の丸薬などは近所の何人かは買い求めてきている。

毎夜この書に目を遣っていると、また仮寓とはいえこの先長くなりそうな長屋生活を考えると、医者の世話になる前に、加えて、近頃の日本橋を中心に展がる店々を見分に行く口実とともに、子等と遠出の約束のない休みの日にでも、日本橋界隈へ足を向けてみようと思う。

二

日本橋通り町を中心とした十間幅の道筋は押し並《な》べて問屋街で、薬ばかりでなく、書物、畳表、瀬戸物、塗物を始め殆どの商いに関する店が数知れず並び素人も相手にしている。

本町に足を踏み入れれば呉服屋の列が連なる。この筋に至るまでの店々に掛けられた暖簾《のれん》の幅は、間口に合わせて三幅《みの》が多く、丈は二尺を基にしている。また、生地の色柄と、扱い品を模した一、二筆ほどの絵で何の店かが判じられるようになっている。中には、布の下を上に縫い留めて袋にしたものもある。これは、店内を見せようということなのだろうが、風が吹くと太鼓に似た音を出すので太鼓暖簾とも呼ばれているものである。しかし今日の風は弱すぎるようだ。

呉服屋の暖簾には一様に紺染めが用いられているのは、小虫は本来明るい色を好み、また下染めを含め、紺の染料藍には虫の嫌う香が含まれているからということである。屋号が大きく白抜かれ、店の出入り口を軒から地面まで覆う布は言外に店の存在を表し、また品を塵から守っている。

更に歩を進めた道の両端には、各々の店の扱い物を、挿絵とともに大書した置き看板が出され往来人の目を惹く。身の丈よりも高い位置から袖のように道に出された横看板は遠目からも目立ち、店前に出た売り子たちの口上が飛び交っている。人と荷車が行き交う通りや筋の賑わいは日々途切れることはなさそうである。

それにしても伊勢屋籐兵衛、伊勢屋喜久酒店、伊勢や樽篭問屋、本糸伊勢屋など、伊勢のつく屋号がまた増えたようだ。江戸開府とともにこちらに来て、そのまま古町《こちょう》町人と呼ばれるようになった、利に聡《さと》い西国伊勢の商人たちが増え続けているのであろう。

ここへの道々見えた、賑々《にぎにぎ》しい幟《のぼり》を立て掛けた、大小の稲荷神社の数も随分と増したように思う。「伊勢屋稲荷に犬の糞」の戯言《ざれごと》はしばらく消えることはなさそうである。

目を下にして川筋を辿れば、舟運のための掘割がそこかしこに見られ、荷足舟《にたり》や猪牙船《ちょき》が連なり、荷を担いだ、或いは肩当てをした人足たちが、川面から道への階段で先を争う大声が聞こえる。

日本橋から一足伸ばして神田橋を越えれば、材木町、鍛冶町、紺屋町、大工町、塗師町《ぬし》などと、名を聞くだけで様子が知れる町並みも大方ひと界隈になっているはずで物見の興を惹くが、一日で周るのは難しい。

通り三丁目に、道に置かれた招牌《かんばん》そのものが薬袋を模した、いわゆる袋看板《ふくろかんばん》が連なる一筋があった。向かいの店々も似たようなものである。薬舗通りである。総気丹《そうきたん》、健筋膏、芯骨正丸《しんこつしょうがん》、瘴気煎《しょうきせん》など、もっともらしい薬名を大筆書きし、簡単な効能と店名、はては店主の名を添えたこれら招牌の列にはいささか辟易するが、暖簾をくぐり、薬の匂いに纏われながら番頭あたりと言葉を交わしてみると、ひとつ一つの薬の組成効験《くげん》は、こちらの見識と符号するものも幾つかあった。口上通りとは受け取れないが、日々普通に食し動いていても本調子には今一つ隔たりを感じる、即ち腎系又は肝系の不調が見られたときのために「腎芯散《じんしんさん》」と「弛肝湯粉《しかんとうふん》」と書かれた袋を手にした。

「腎芯散」は、あけびの蔓を干して薬研《やげん》で細粉し、杏は、これも天日に晒したものを砕いて両を等量混ぜ、陳皮と砂糖を加えたものという。五葉あけびの蔓は排尿に利するものとして既に名は知られている。杏は鎮咳、去痰の効がある。陳皮の温服も風邪に効く。本来この手は煎服するものであるが、各剤の粉の細かさがこの店の売り文句で、烹煎《ほうせん》する必要はなく、急須に入れて湯入れをすればよいとのことである。手代らしきにすすめられるまま、造り置きの手間が省け、夏には煎湯を腐らせずに済むと思い、日々続けて服したとして、ひと月分ほど買い込むことにした。

肝の臓のための「弛肝湯粉」は金銀花《すいかずら》を、これも干して薬研に掛けたものであり、腎芯散と似たような薬能に加え、総身の疲れを癒すという。いずれもさしたるものを期する気はないが、熱冷ましほどにはなりそうである。又、何かのおり、道端で薬草でも見掛けたとき、採ってきて干し、細粉するつもりでちいさな薬研を一つと、餌摺《えずり》り鉢《ばち》も一つ手にした。合わせて二百五十文であった。

帰りの途、家並みが途絶えはじめた茱萸坂《ぐみさか》の下を通ろうしたとき、「こうろうべ、こうろうべ」と、大勢の人の声が前から聞こえてきた。先供として二人、脚半付きの武士が歩き、その後ろに牛に牽かれた荷車が続いている。「こうろうべ」は荷車に向けて放たれている、子供を混えた周りの町人たちの声であった。饐《す》えた糞尿の臭いとともにその荷車が目の前に来た。荷台には一人ずつ二重俵の中に突っ込まれた男女の体がいくつもあった。子供の姿もある。俵から頭だけ出し、額には十字の切り傷をつけられている。「切支丹」である。「こうろうべ」は「転べ」で転宗、棄教を指す。この者たちはこれから小伝馬町の切支丹牢に入れられたのち、殆ど吟味のないまま刑場に運ばれ命を断たれる筈である。

道端に重ね置かれた天水桶を一つ手にした。台車が動くに歩を合わせ、この者らを囃し立てる町人子供たちの眼差しを背中で受け止めながら、荷台の、歳は十二、三の男の子の口にその水を掬《すく》って垂らした。殿《しんがり》の、この行列の宰領らしきが放つ視線も、片頬で受け止めた。

およそ人は風潮に乗せられやすい。ましてや時世のもと、或いはその場の状況で、弱い者を虐げ蔑み、自ら手を下すことはなく、また下したにしても自分は咎められない程度にとどめ、周りにいたぶられるのを見ることが享楽の一つであると思える、人の心の貧しさを見た思いである。

この国の多くの人々が持つ陋劣《ろうれつ》な気質の一つと思いたくはないが、罪人と決めつけられた者たちを囲むこの町人子供たちの風体の類いは、佐平長屋の住人にも見受けられる。

子はふた口三口飲んだのち、

「い、いもうとにも」と、こちらを見た。

すぐ後ろの荷車にこの子の妹と思しき歳の娘の顔があった。その子の口にも水を垂らした。子は口に入る水に咽《むせ》て咳き込み、泣き出してしまった。それ以上の節介はやめた。

秀吉公の時代から歴とした棄教、禁教の令は布されていたが、島原天草の乱を一つの頂点とした、異教に対する苛策は今もって厳しく続いている。政体は、国を一つに纏めるに、いかなる異国の教義をも浸潤させないということであろう。

人は死すれば骸《むくろ》の始末を寺に恃《たの》み、あの世のことは具《つぶ》さに知る由もない。人が昇天して仏になり、徳を得、神はこの世の者たちに功徳を施すとおぼろげに教えられるが、子供を巻き添えにしてまでの彼等の、信教に対する帰依帰順の心情の強さはどこに根ざすものなのであろうか。

殿《しんがり》の侍が、強《きつ》い眼差しをこちらに向けながら目の前を通った。

長屋の自居の筋向いは、左官の甚三郎の居部屋である。ときおり甚三郎の母、既に七十になる老婆が「お口よごしですが」と煮付けの一皿を持って来る。今日を入れてこのところ十日の間に三度ほどになる。

「前持ってきた皿とこれを換えてくだされ」

言われて、膳箱から空になった皿を取り出し、手早く懐紙に小銭を包み入れ、載せて返した。

「いつもお世話頂いております。きょうも夕飯が愉しみです」

皿を受け取ろうとした老婆の片掌が開かない。くり返し皿を持とうとしているが覚束《おぼつか》ない。

「いかがなされた」

老婆から言葉はなく、気を取り直してもう一度皿を掴もうとしている。

「入りなされ」。老婆を上がり口に腰掛けさせた。開かない右手の甲を左手でしきりにさすっている。

「少し休んでいきなされ。いま、せがれどのを呼んでまいる」

「あいすいません」。頭を下げようとした老婆の体はそのまま崩れそうであった。

甚三郎が来た。

「なあに、巡りが悪くなった血が手に来るまで詰まっているだけでさあ。二三日揉《ち》んでやったりしてやりゃあもとどおりになりまさあ」

相変わらずの口調である。抱えるようにして老婆を連れ帰った。

流行病《はやりやまい》に倒れてそのまま死ぬ者、歳を経り、あるとき一気に心の臓が弱まって死ぬ者など、病いの床に臥してから死に至るまで時を待たない死に方は万人が望むところと思うが、五体の一部のみが意のままにならずに永くおかれるのは困りものである。
中風の始まりではなさそうに見えた。甚三郎の言うように、単に血の巡りが悪くなったというのであれば、それに見合った食に加え、揉み治療でも施すだろう。手の不自由さが肝の臓の因とは思えないが、二三日様子を見て、先程の粉薬でも持っていこうと思った。

井戸替えをすると長屋内に話が伝わった。井戸替えはこの町内では毎夏七夕の頃、住人総出でするもので、周りの邪魔になるのを承知で今夏加わった。今頃もう一度井戸替えをするとはと思っていると、長屋の子供たちの何人かが井戸の中に鼠を見たとのことであった。

近辺の長屋を始め、町屋にある多くの井戸と同じく、この井戸水も飲用には適さない、もっぱら洗濯や拭き掃除、打ち水などに使う雑水の井戸である。含嗽《うがい》と煮炊き用の水は、以前は水売りから買っていたというが、四谷へと開削される筈の玉川上水から導水した木《もく》樋《ひ》が、二町先の溜《た》め枡《ます》まで来、長屋の人々はそれを汲みに行っている。その水は、神田上水から引かれて来る下屋敷のものより口当たりは軟らかい。

井戸職人を呼ぶ手間も惜しいということで、とりあえず皆で中《なか》を浚《さら》えようということになった。師走も半ば、明け六つに皆が集まり、粗方《あらかた》水を汲み出してから井戸口に被せられた化粧側を外し、釣瓶《つるべ》を取り外して、長屋の物置から取り出しておいた矢倉を掛け、瓦職人の源次が中に入って水を掻《か》き出す手筈になっていた。手桶を片手に、足掛けを作った太縄に掴まり、滑車を通した太縄を持つ皆の掛け声とともに源次が十数度昇り降りして水を掻き出して底を空にした。最後に大家殿が井戸の端に塩を盛り、お神酒《みき》一合ほどで中を清めた。

普段よく言葉を交わす人たちの他、見知った顔であるがめったに口をきくことのない面々から声をかけられ、返し、軽口を言い合った。大家殿とも久しぶりの対面である。寒い朝ではあったが、気散じともなり自ずと体が緩んだ。

結局鼠らしきは見当たらず、安堵とともに皆、水が溜まる明後日まで井戸は使わないようにと申し合せた。人騒がせは向うへやり背を丸めながら各々自居に散り帰った。

師走に入る頃から子供たちより小半時ほど早めに指南所に向かうのは、火鉢に火を熾《おこ》し部屋を暖めておくためである。五徳に網を掛ければ、来る子の一人や二人が持ってくる餅を焼くこともできる。今朝は冬の前触れにしては寒く、椎の実ほどになった霜柱を踏みしだきながら、大分と長くなった影を先にして指南所へ向かった。

初めて筆を手にする子のために「椎《しい》の実筆《みふで》」という、細かい力加減を考えずに使える扱い易い筆がある。周りの事象と、生活が結びつくようになった。

師匠に近い場所を取ろうと早くも二人の子が来ていた。先月十一になった筈の履物屋越後やの次男玄太郎と、今年二月に指南所上がりを始めた、未だ数え九歳の、米屋上州屋の子庄三郎で、二人で一番前に坐っている。皆の文机《ふづくえ》は既に並べられていた。

朝の挨拶を済ませ部屋を暖める。師匠の座る畳には縁《へり》がついているが、子供たちの座る畳には縁のない野郎畳《やろうたたみ》が敷かれているのは、縁をつけても子供たちがすぐ破いてしまうからである。僅か二年ほどで、その、野郎畳の殆どが大分と擦り切れ、墨で汚され、替えどきである。大晦日までは間に合う筈もなく、注文なりは年明けになろうか。

まわりで見聞きした手習いの要領と、武家の子女の通う指南所の教法とを踏まえ、ここも朝、始めの一刻《とき》を少しの休みを挟んで半刻ずつを素読《そどく》に、その後昼九つまでを習字としている。素読の本には「実語教《じつごきょう》」を充てている。同じ年頃に目にしたこの書は、五言の対句四十八聯《れん》は、同体裁の五言対句百六十聯《れん》余から成る「童子教《どうじきょう》」に較べ、見るに明らかで読むにもた易い。
初句の、
山高故不貴　以有樹為貴　即ち、山高きが故に貴《たつと》からず　樹《き》有るを以って貴しとす、を始め
締め句の、
是学文之始　身終勿忘失　即ち、是《こ》れ学文の始め　身終わるまで忘失すること勿《なか》れ、まで、かなを振るも、行間に下し文を書くも許し、子たちが文字句に親しめばよいと思っている。
これを習い始めから三月ほど繰り返す。ここへ通うようになる前、日々一里半を他の指南所に通っていたという小間物屋正一《しょういち》の長男正之助《しょうのすけ》は、既に四十八聯《れん》のすべてを諳《そら》んじていた。
習字の手本にも「実語教」をはじめ、その子の進み具合に合わせて国絵図《くにえず》、「日本国尽《にほんくにつくし》」、「庭訓往来《ていきんおうらい》」などを使っている。
国絵図は、家康公が江戸開府と同時に町割を命じたのを機に各地の地勢を明らかにするためと、同時に貢米を主とした徴税の額を測るため幕府が各領主に描かせたものである。

「日本国尽」も作り手は幕命に従った学者であるが、地図上には地名とともに、漁港には船や鯨や魚の絵が、平地には城や民家、田畑などが、山には茸や大小の木々が描かれ、見ているだけで子らには興が湧くようである。

各地の名を習字としてかくうちに次第に手は上がり、地理地名は自ずと頭に入る。「庭訓往来」などの書翰往来ものは今意味が解らずとも、ここを出て奉公に出るなりすればいずれ目にするものである。

奉公の子たちが手代になるあたりに、番頭や主人《あるじ》からそのおりの書翰を書かせられるとき、「商売往来」は一つの亀鑑となる筈である。「庭訓往来」はその前の教書になろう。

主に、数えで七つ八つから十二の子ら合わせて三十人ほどが会して学ぶのである。子らの言葉の中から周りの出来ごとを知らされることもあるが、習字の前は、皆、墨を磨るのに手間が掛かり特に騒がしい。

学び事の前ゆえ、ほどほどの騒擾には目を瞑り、和《なご》やかな時を持たせることにしているつもりだが、ときおり出そうになる大声を抑えるのに苦労はつきない。

習字の習い始めはいろはを繰り返し書く。子の上達の程を見て「実語教」や往来物を手本にしたり、また折手本《おりてほん》を側においての臨書となるが、いつもながら墨を磨り終えてすぐ筆する者は半分ほどで、まずはこれからと、いの字が牛の角に見立てられることから、始めに牛の顔を描いてしまう子もいる。長屋のある町から半里離れてはいるが評判はこちらまで届いている、指物師清六《せいろく》の子沓六《とうろく》で十になったばかりの筈の子である。

「きょうの牛は機嫌が悪そうに見えるが」

「飼い主に似たのかも知れません」

「囲いは必要ないと思うが、あばれ出さないようなだめておきなさい」

覗きに来る周りの子たちとも余り話さないこの子の、事始めの気入れの式のようである。歳の違いはあれ、遊び盛りのこの子たちの鉄釘《かなくぎ》流には手直しの甲斐大であるが、こちらの技量も問われるところでもある。

勉学は坂にかかる荷車を押すが如く、か。


毎月二回の定まった休みのうちの一つは、天神祭の日にならって二十五日としている。そのうち三度に一度は指南所から北へ、江戸城へ向かって二里ほどにある簗掛《やながかり》天満宮へ、参詣と称し子たちと遊びに行く。途中那見《なみ》地蔵で一休みしながらの片道一刻《とき》半の行程である。いつも皆が集まるわけではないが弁当と菓子を持って十二、三人は参加する。来ない子が気にかかるが、日頃の緊束から離れ、心の緩む一日である。

真偽が定かであるとは到底思えないが、学問の祖の一人、菅原道真公の遺髪が祀ってあるというこの神社は、訪れる度に、子たちに接する自らを見つめ直すことになる。が、それは師匠や親の立場にある者だけで、子供たちにとってのここは、境内の筆供養塚《ふでくようづか》も暖を取る焚き火にしか映らないようである。

同じように他所《よそ》から来た、これも師匠と習い子たちの間に、或いは親子連れに交じって、狛犬に跨《また》がる者、店売りの団子を買う子とそれぞれに遊んでいる。今朝、この日の遊行に帯同する者は十二人と憶え、目印に、いつものように用意の算盤球《そろばんたま》絞りの手拭いを一人ひとりの首に巻かせたのだが、参詣の人びとに混ざる当方の子たちの顔と頭数の確認に気が休まらない。

帰りは来た道をそのまま帰るときもあるが、その日の天候などを考え、大抵は三つ四つの道から一つを子供たちと決める。

三度の捨て鐘を含め十一度の鐘の音、すなわち八つ時の鐘の音を聞けば帰り支度となる。

きょうは行きに寄った那見《なみ》地蔵を避け、戸比《とい》稲荷で一休みしてから蓮寺への道を辿ること

にした。戸比稲荷で水を所望して休んでいると、子の一人しほが、そこらで見つけてきたのであろう、

「おっしょさま、これをどうぞ」

と、ひと掴みの実を持って来た。花いじりの好きな娘で、ときおり刀掛けの側の花瓶に活けてある季節の花は、蓮池の周りなどからこの子が採ってきて挿したものである。

頭を巡らして、

「くれのおも、であったな」

「きついかおりが体にはいいと思います」

実を末にして飲むのであるが、健胃のみならず寒を散じて体を温める効能ももつ生薬の一つである。受け取って懐に入れた。

帰ってきて、山門への登り口で解散とした。道草せぬように言って子たちから手拭いを集めた。

「だいぶ汚れました。洗ってお返しします」

左官の子で弟がいるという十の筈のやえである。すでに畳まれた手拭いは子の両掌に挟まれていた。

見回して、

「玄太郎。やえとは途中まで一緒の道のはず。送ってやりなさい」

「はい」

明くる日の指南所では昨日の子たちのきれいな手や顔はたちまち墨で汚されいつもの容貌になった。

習いが終っても居足りない子を追い出し、部屋の戸締りをしようとした時、荷車廻しから、四枚肩の乗り物がこちらに向かって来るのが見えた。担ぎ手の黒鴨《くろがも》姿にはわずかに、鋲打ち焦げ茶漆の乗り物にはしかと憶えがある。母の乗り物である。乗り物は目の前で止まった。黒鴨が開け口の前に履物を揃え、戸を引いて身を縮めた。指南所に母を招じ入れ、担ぎ手の者たちにも中で休むようといった。

母に無沙汰を詫びながら、

「薄茶《うすちゃ》しかございませんが」

「構いは無用です。それより右之介、そなた国の千々石《ちぢわ》道場師範間加部《まかべ》壮作《そうさく》殿を憶えていましょうか」

間加部壮作殿は、兄左真之進《さまのしん》が元服したのちに通い始めた、千々石玄斎《げんさい》を道場主とする玄波《げんば》一刀流道場の師範であり、主家松平家の勘定方間加部惣衛門《そうえもん》殿の次男である。

剣の大方の構えは正眼《せいがん》を基本とし、それは一人の相手と対峙するときも、また多勢を相手にするにも、つぎの一刀に移るに易い構えであるところからこれを用いる流派は多い。しかし、玄波一刀流の構えの一つには地擦《じず》りがある。地擦りは、構えに移った瞬間相手から面を打たれるか突きを食う隙ができるが、突いてくる刃を撥ね上げ、返す刀で胴を払い斬る、手練を要するが必殺となりうる技である。

元服する頃から、「剣の道を究めるとはどういうことだろう」といっていた兄は、地擦りを含め玄波流剣法のいくつかを会得したく、千々石道場に通っていたことがある。

「師範を打ち倒すことが深い御礼になるのだが、なかなかに……」

兄は間加部殿から殊《こと》のほか可愛がられていたようで、体には「間加部殿につけられた」という竹刀痣がよく見られた。

領主は、毎年土地名産の蔵酒三十樽ほどを主とした産品を公方様に献納している。中山道六十九次のうち、高崎城をあとに江戸へ残り十二次となる道のりは、峻険な山々に囲まれた道から大分と開放され、本庄を越えて武蔵国に入れば道は更に平坦になる。しかし、この武蔵国までの間は賊に襲われることがよくあり、荷を取られたり、斬り結ぶことさえある。今年は間加部壮作殿がその搬運の警護に任ぜられたとのことであった。

この度、間加部殿一行は無事江戸城に参内したが、積荷の内容と綱吉様の御歳を考え、御拝謁を願うのは憚《はばか》られ、城中蔵で荷解きとなった。その後間加部殿は用意の訴状を携え、城詰の保科正之様に謁見を願い出、領内の、一向に改まらないどころか重くなった年貢の公民割合を始め、衣代、水代、通行料など万雑《よろず》入用の課徴の軽減を直訴しようとしたとのことである。

打ち続く天害により領地の財政はこのところとみに逼迫し、そのため小一揆、逃散があとを絶たないとの巷説はおりにつけ江戸邸にも届いている。

幕府から領主への指示を得たいと思う臣がいても不思議はない。今、母の言うように、間加部殿の一件がまことならば、その勇胆は無理からぬものである。

しかし、訴状を手に保科様の城内居所に出向いた間加部殿がお取次ぎを願い出たところ、玄関先で警護の者に取り押さえられ、その場で斬り捨てられたとのことであった。

早速に保科様臣下から遺骸の始末を命じられた江戸屋敷は、江戸家老東野厳郎《あずまのげんろう》様の下、当嵯峨家がその命に従い、

「城下、大殿遠縁の勧圭寺《かんけいじ》に遺骸を運び葬りまして、すぐさま国元に使いをやりました。一切は昨一日のこととなります。……」

「まもなく間加部惣衛門《そうえもん》様、千々石道場にも詮議があると思いますが、左真之進に及ばなければよいのですが――。

間加部殿はこの度の訴の前に、国家老妻女市衛門《さいめいちえもん》様に、領内財政について一考を促すよう接見を願い出たそうですが、左真之進がその内容を持ち同行したそうです」

眼を伏せながらそう言う母の脳裡には、既に仕置き場に置かれた左真之進の姿が浮かんでいるようであった。

即座に返す言葉が見当たらず、二人の間に暫しの沈黙が蟠《わだかま》った。

「父上はいかがお考えでしょうか」

「殿は当家に沙汰が及ぶようなことはないだろうが、松平家から詮策の一つはあるだろうと仰言っていました」

理由は何れにせよ、保科家の手の者によって主家の者が斬り捨てられたとは、体制を殊のほか重んじるこの政風の中、小さかなる影響がこちらに及ぶのは想像に難くない。沙汰ある前の、主家、千々石道場および当嵯峨家の裁量が問われるときと考えられる。畢竟《ひっきょう》間加部殿に関わる人間の、詰め腹無理腹のいくつかが見られることになるだろう。

保科様の耳に入るまでのこととして、保科家家内においては内家老あたりまで、こちらでは領主松平家を始め家臣の多くが似たような考えを持とうが、このような一件が収められるには、こちらが先に忠義の形を表し、順じて先方の裁断を待つのが常道となる筈である。

当方の形の一つとして進み腹が考えられる。

師走も大晦日《おおつごもり》に迫って寒さがつのり、夜着を重ねてもすぐには寝付けない夜になってきた。

その夜の寝入り端《ばな》、按ずる事柄が際限なく頭に浮かびそうになるのを抑えるため、兄に係る処遇のみに想いを巡らせるよう努めた。

武士の世界は何事につけ、責任を全うするにあたっては命が懸かる場合が多い。目途かなわず落命に至っても、それは承知と、一命は軽い。斬に処されるも、詰め腹も、武家世間の一些事としてしか受け取られないことが多々ある。

此度の件でなんらかの命が下され、又は下される前のこととして、父は家の長子に対し、兄は自分に対して、どのような断を下すであろうか。

武士の世界に身を置く者として、また兄に一番近い者として想像できることは多くはない。兄の性格を考えつつ黙想すると、切腹用に整えられた屋敷庭に、特に真剣な眼差しも立ち居もなく恬淡とした表情で、小刀を載せた三方を前に座した白装束の姿が瞼に浮かんだ。

進み腹の場合、家臣か身内が介錯を務める。

三

翌日、手習いも終って子たちを帰したのち寺用人の一人に声を掛け、捨てるような筵《むしろ》を二枚貰い受けた。

「薪用の木も少しいただきたいのですが」

鉈《なた》も借りて、寺裏の竹藪に入り、手首ほどの太さの、立ち枯れた竹を一本切り出して来る。適当な長さに切り、筵を巻きつけて縄で縛り、薪にする木で馬を二つ作ってそれに渡した。筵巻きの竹を据物にして斬首の真似のためである。

作りながら、世の常は、良い方への予測は得てして壊れやすく、悪い方の予想はよく当たり、この件では、主家は公儀の沙汰ある前に事を収めるため、嵯峨家に対して左真之進の一命が差し出されることを暗に求め、或いは、兄の切腹には及ばずとも、早々に「嵯峨家長男左真之進については暫く国家老吉田家預かりに処す」などの命を考える筈、などと思い浮かべた。いま一つは、この件の一応の結末が見られたのち、兄と酒でも酌み交わすとき、

「今は笑い話となりますが、それがし、兄上の介錯の命を受けたとき、竹を首に見立て何度も修練いたしました」

「刀の勢い余って自分の足を切らずに済んだか」などと戯言が交わされることを夢想した。

土を削って馬の揺れも抑えた。襷《たすき》を掛け、体を半身に開いて抜刀し、上段に構える。据え切りにせよ、この構えから刀を振り降ろすと、腰の小刀が邪魔して切っ先が最後まで振

り降ろせない。小刀に代わるものとして腰刀《こしがたな》を用意するとし、今は小刀は腰から外しおいての一刀を試みた。

鍔《つば》から刃先に向かって三掴みほどのところから相手の首筋に当て、刃先に至るまでの刃渡りを使って手前に切り抜く、の刀法である。練達の者はこれを、息を吐きながら一気に し遂げると聞くが、息を止めて試みてみた。形にならないまま五度六度と繰り返す。

この修練はできれば日を置かずに一日何度も重ねないと体で覚えられない。事の進捗は如何に、と思うと、ときおり寒気が体を包んだ。

間加部殿に纏わるこの一件について今考えることはそこまでとし、後を片付けていると、灰色の空気の中、塵と見紛《みまご》う小雪が舞っていた。

四

二十八日を習い納めにし、その日の手習いののち子供たちと指南所のうち外を掃除する。年末の大掃除といっても子たちにとっては遊びに来たのと変わりなく、早速の落ち葉焚きに、用意の芋を入れてから火を熾す子は皆の笑顔を誘っていた。

昨夕降り始めた雪は朝になって止んでいて、ここへ来るまでの家々の屋根に白斑の模様を残し、指南所小屋の軒先に連なる小さな氷柱《つらら》からは、焚き火の煙に燻ぜられたように雪解雫が滴《したた》っていた。

ひとり一人に長紙を持たせ、

「書初《かきぞ》めは一年の手習いの始め、気を入れてやるように。皆の作を見るのを楽しみにしている」

明けて七日からの通い始めを子たちと約して、住職殿始め寺の皆々に挨拶を済ませ自居に帰ると、長屋のあちこちから餅が来た。左官の甚三郎もひと包みを持ってきた。

「いつ餅つきをしたのですか。それがしも搗《つ》いてみたかったのですが」

「今日の昼前のことすよ。ちっと作りすぎすかね。この次やってみたらいいすよ。ま、とにかく食ってくだせえ」

「頂戴いたします。ところで母上の容態はその後いかがいたしましたか」

「ごしんぺえありがとうす。よくも悪くもといったところすが、このところの寒さはいけねえようっす」

「ちょっとお待ちくだされ」

作り置いた、くれのおもの粉を懐紙に小分けし、

「くれのおもです。湯溶きして飲ませてみてください。日に一度として三、四日分ほどはあると思います」。照れ顔をした甚三郎の手を取って載せた。効能は知っているようであった。


餅を手に下屋敷に向かう。足元を包む冷気は時節相応に厳しいが、懐から上がってくる体の温かみを頼みに急ぐともなく歩は速まった。

耳門《くぐり》から屋敷内に入った所で庭用人の又助と顔が合った。薄くなった頭が夕時の陽を受けて針を立たせた鞣《なめし》革のようである。

「よかったらお持ちください」

又助は礼の言葉を呟きながら、両手を捧げ包みを受け取った。

一家が会合するのも久々であるゆえ、父から叱り言葉の一つも放たれるかと思っていたが、此度の件で年始の準備もそこそこに、家内には緊とした空気が覗えた。

夜、兄に部屋へ呼ばれる。

火鉢の傍らに角樽《つのだる》と提子《ひさげ》が置いてある。すでに兄は呑《や》っていた。

「飲むか」

「い、しま殿と真之助は」

「奥で寝ておる」

言葉数の少ない、粛として酌み交わすのは兄と自分との呑み方である。

「町人の暮らしには慣れたか」

「いまだ快々《おうおう》としておりますが、大分と……」

寂とした中で、酒を飲み下す音だけが音になっていた。時が経つにつれ夜気は引き締まり、鴨居を締めつけた。

兄はひと息吐いて立ち上がった。

「言ふならく、奈落も同じ泡沫《うたかた》の、あはれは誰も変わらざりけり。さて修羅道《しゅらどう》に遠近《おちこち》の……」

柳ヶ浦で入水して果てたという平氏の落人の一人平清経《たいらのきよつね》を描いた能、「清経《きよつね》」の最終段である。

ついで兄は、指を揃えた右掌を扇に見立てて左肩に持っていき、上目使いに天を見た。遠く空に掛かる月を見る「抱え扇」の型である。行灯《あんどん》に映し出された胸から上は浮いて、宙を見据える炯々《けいけい》とした眼光とともに、既に霊となった人を見るようであった。武にのみ精進してきた筈の兄がいつ憶えたのか。

座布団を舞台に小さく仕舞い、周りに人がいないかのように続けた。

「さて修羅道に遠近《おちこち》の、立つ木は敵、雨は矢先、土は精剣、山は鉄城、雲の旗てをついて、驕慢の剣を揃へ、邪険の目の光、愛欲貪恚痴通玄道場《どんにちつう》、無明《むみょう》も法性も乱るる敵、打つは波、引くは潮《うしお》、西海四海の因果を見せて、これまでなりやまことは最期の、十念乱れぬ御法《みのり》の舟に、頼みしままに疑いもなく――」

ここから終りまではよく知られる小節である。下腹に力の入った兄の音声《おんじょう》に気圧《けお》されるのを撥《は》ね除《の》けようと、同じようにこちらも臍下丹田に力を込め、和して唸った。

「げにも心は清経《きよつね》が、げにも心は清経が、仏果《ぶっか》を得しこそありがたけれ」

座りなおした兄の顔つきがこころなし緩んだように見えた。互いの肩の力も抜けたようで、酒の味は新たなものになった。

「囃子方がおれば仕手の役は完うされたかと思いますが」

「申せ」

初めて兄の綻《ほころ》んだ口元を見た思いであった。

酒はすすみ、兄は語るように言った。

「三方を後ろに廻して尻の下に置き、腹を掻き出して、からか……」

「膝をついて小刀の刃先を左脇腹に当て、一刺ししたのちは右の腹まで一気の切り回し」

と、刃を掴んだ仕種をした。

此度の件で兄が本当に自らの命を決するにせよ、本人にとっては一つのなりゆきであり、心内よりも所作のほうが先行し始めているようである。

兄の意より僅かに先んじた気になり、

「介錯はそれがしが務めましょう」

兄はこちらの椀に酒を注《つ》いでみせた。変わらぬ表情に、事態は既に直路に乗り、止めようがないと見てとった。割腹のおり、痛みに耐えることが己なり、耐え抜いてみせると決している兄に、最後の心遣いを果たすものとして、兄が刃先を腹に当てた刹那刀を振り降ろす、とのこころづもりを、このとき固めた。

こちらの断を悟られぬため、刎ねどきを仔細に亙って訊いた。

「十文字に切り裂き、無念腹《むねんばら》といわれようと、この世への名残り、腸《はらわた》の三寸でも切り離して目の前に並べて見せようか。余力があれば頚《けい》の血脈を切る」

「……刎ねどきはいずれと」

「横一文字に切り進み、次に縦ひと筋に切り下ろすまでは意識もあろうが、力つきて次のひと進み一刺しができないでいればそのとき、余勢を駆って首に刺し込んで引き抜ければそのとき……」

兄が心内を吐露するのは初めてと思う。

「人が人として生きるのは難しい。しかし、武士が武士として生き死にするのははた易い。戦の場がなくなり武士の世界だけが残っているも、その中で武士として生まれたるは武士として死ねばよい。煩悩に邪魔されることもなく、老いや、病がこの身を脅《おびや》かすこともないときに、自らの手で死地に赴く機が得られたのは得心なり――」

「死に急ぐことは……」と言いかけて止めた。兄の子真之助はまだ七歳だが当家の跡目にはなりうる。一命と引き換えに、家におけるここ一連の風波は立つ前に収まり、当家は跡目が立つことで持ち、平々として続くことが約されるはずである。切腹は、家系を繋《つな》ぐ家族への思いやり、兄はこの日が来るのを待っていたようであった。

明けて承応二年正月も三日。

「時が来たら使うがよい。義弘《よしひろ》の一刀とされている」

布袋に覆われた一振りが兄から手渡された。

鎌倉時代の名工郷義弘《ごうのよしひろ》は作刀に銘を打たず、それ故義弘の作であるかを判じるには相当なる目利きが要される筈である。しかし、作風に漂う品位と格調が真贋を制し、正《まさ》しく義弘の手になるものとされたとき畏敬は更に深まり、また銘や由来は訊かずとも、手に取って眺めれば心気は自ずと高まり、その一振りを手にした細川三斎殿は歌を詠み、歌句の意から、その作には「芦葉江《あしばごう》」との号が授けられたという。

三十路に届く前に夭逝したという義弘は自ずと寡作で、本人は意図して銘を打たなかったようだが、代わりに、手にした者によって、一振り一振りに由緒ある号が名付けられたのち、その一刀が兄の手元に来たということであろう。

「間加部殿から拝領したものである」というこの一振りがどのような号を持つかと訊くと、

「孤狼丸《ころうまる》、であったか。義弘の中で唯一血の味を知っているらしい」

義弘の作はその美しさゆえ殆どが護り刀或いは御神刀として用いられ、帯刀されたものの実戦に使われたことはなかったと聞いている。また、義弘の姓郷《ごう》になぞらえ、号も「何々江《ごう》」とされているといい、「何々丸」と呼ばれるとはそれなりの由来を持っているのであろう。「……血の味……」とともに作の中では妖刀といった感である。

「拝見つかまつる」

潔《きよ》らかな白に銀糸が縫い込まれた柄巻《つかまき》を纏った柄《つか》は、握ると掌と指のほうで掴みに行くように手に馴染んだ。鯉口を切るまでの鎺《はばき》は刀身と鞘を隙間なく一体にし、透徹した黒に塗られた鞘は一分と違《たが》わず刀身を護って、抜き放たれた刃の行く先を導いた。

抜刀する手応えから既に可能な限りの匠が感じられる。口に挟んだ懐紙に掛かる息が落ち着くのを待った。

舟形の柄《つか》に根づいた茎《なかご》から伸びた二尺三寸を幾分超える刀身の、確とした深い反りと広めの身幅は突き技よりも払いに適され、袈裟斬りを始め、無造作に薙《な》ぎ払ったとしても、被衣《ころも》とともに相手の骨を断ち、肉を捉えた刃は無理なく切っ先まで進むと思える。

雪原を彷彿とする小乱れの焼き模様を追えば、銀砂が降り懸かったように輝く錵《にえ》が従《つ》いて来る。「匂い」と相俟って、鍔元から切っ先まで一筋の銀河が創られていた。

兄のいうことに嘘はないと思うが、試し切りにせよ、本当に人を斬ったのか判然としないのは、血曇りの一つも見えず、針先ほどの刃毀《はこぼ》れも見当たらないからである。どのような切り角からでも切り進む刃の鋭さと、それを支える「重ね」があるからであろうか。

世の作物《さくぶつ》はときとして作り手の手を離れ、独自の精神を持つことがある。この作はまさにそれである。

剣相からは剣霊を感じ、妖刀とは程遠い、孤高を表す一作と思った。

棟《むね》も確かめようと刃面《はおもて》を返した瞬間、刀地は部屋に差し込む夕陽を受け止めて、水に溶いた血の色に染まった。

引き込まれないよう抗《あらが》いながらも眺め続けると時の経つのも、また周りの事象も忘れ、兄嫁しま殿が襖の向こうから声を掛け、開けて茶を持ってきたときに我に返ったのであった。

史上の造物は思わぬところから出現するのが世の常であるが、この作もその出自と出来《しゅったい》から、この手を離れたのちは、時空を超えて然るべき手の元へゆくであろう。

五

障子を介して射し込む庭からの柔らかい陽の光は本座敷の隅々まで行き渡っていた。

二人を前に、火鉢に当りながら茶をすする父の、薄くなった頭皮には大分と肝斑《しみ》が浮き、喉元の皺も目立つようになった。もともと膂力に満ちた体ではないが、時を置いて対座してみると、一回り小さくなったように見える。

いつものように語るが如く話す父の話は、家の本庭の松が立枯れそうであること、近頃自分の体に気が入らなくなったこと、真之助の習字の手が日増しに上がって、ときには見てくれとせがまれることなどから始まり、二人が幼児の頃家に珍しい物が来たときなど、その物の由来や因果などを説き話して聞かせたときの柔らかい平坦な口調で、聞く側にしてみれば、どのようにここへ導かれたのか判然としないまま、核心と受け取れる言葉に至った。

息を深く一つ吐いたのち、

「……保科家作事方筆頭小手川十三郎様をお呼びしようと思う……」

言って、火鉢に向かって父は首肯した。

子の一命に係る断は下されていた。


朝起きた時から女たちの姿が見えなかった。家中は寒さに増して森閑としている。いつの間にか本庭は掃き清められ、中央には白布に覆われた二畳が設えられ、裸の脇差を載せた三方と、側には白木の手桶が用意されているのが目に入った。

その日は、「おなーり」の言葉から進められた。

父が、庭を見下ろす廊下に、供の者を従えた小手川様を案内したのが判ったが、自らは辞し、次の間で待っていた自分と白衣《しろぎぬ》に白袴の兄の側を無言で通り過ぎた。

どちらからともなく腰を上げ、庭に降り立って、小手川様に向かって、姿勢を正したのち、長い一礼をした。

この日の朝「切った腹の中身も見られる筈。ここからが作法……」と兄が、ひと椀の白粥《しろがゆ》を一つまみの味噌とともに食したときから、今日一日は身も心も作法によって固められて進み終わると思った。

また、このことのために来た他人の顔を見ると、人の命などはいともた易く断たれると感じた。

いつ来たのか下男の又助が後ろにかしこまっていた。腰に差さずに手にした刀を抜いたとき、又助が鞘を引き取った。手桶の水で刃面を清める。掛けられた水は一点の滴も留めず流れ落ちた。

煌きを増したように見える刃面が、時をとめられないと語っているようであった。手足はつき動かされた。

二畳に座った兄は白裃の片衣を抜き放った。前袷せを開いて腹を見せ、始めの刺し処の脇腹を揉みしだいた。脇差に手を伸ばし、懐紙を纏わせる。三方は尻の下に敷く。幾分屈んだ姿勢で、両の手で刃を握って脇腹に近づけ、呼吸を整えている。瞬間止めた。懐紙を握る手が腹に向かって行った。兄の肩に遮られて血は未だ見えなかったが、刃先が腹を突き刺したと見た。兄の、後ろに下ろした髷が首筋を被い、振り下ろされる一刀の邪魔をしないかと一瞬思ったが、上段の構えから僅かに膝を折って、両脇に力を込め、一気に刀身を振り落とした。

胴体が吼えたように鮮血が放たれた。刃は頚骨の間を切り抜いたのであろうか、切れ味は予想を遥かに超えて、確とした手応えのないまま切り終えた。胴の前の白布は血に占められ、散った血の幾分かが指貫《さしぬき》と足に掛かった。落ちた首は鮮血に浮いて横を向いている。

見間違いではない。決して――。瞬きを一度するのを見た。

否が応にも首と胴を具《つぶ》さに見るのは後にして、持った刀を一振りして血を払うとともに体の緊を少しでも解き、小手川様の前に進み出た。こちらの意が伝わるかと刃先を地面に突き刺し、床机に腰掛けた小手川様の足元に視線を当てた。

「ご検分いかに」

動悸を抑えることが出来ず短い言葉になった。

「……腹十文字に切り裂いた見事なご最期であった」

太い眉を幾分寄せて、広幅の桶川胴に相応しい野太い声が、部厚い唇から返ってきた。

時を見計らってまた姿を現した父が、息子の切腹後の有り様に一瞥を掛けたかどうかは判らない。

しかし、父に促されて小手川様が腰を上げ、姿が見えなくなるまで、礼の姿勢を保った。

武家としての立場も歳も違ううえ、作法をたがえた挙に出たが、予想の一つとして事を泰然と受け止めたように見える小手川様とは、武家同士の情義が交わされたように思った。

父の予めの指示であろう、又助がもう一人と棺桶を持ってきて後始末となった。刀をもう一度清め、又助が差し出す鞘に収めた。膝をつき、落とされた首に向かって合掌し、腰刀を抜いて髷の一部を切り取って懐に入れた。

血に染まりながら、温もりは残しているものの既に硬くなった体を三人で棺桶に入れる。ひと揺れする度に首元から血はこぼれ、白い骨が見えた。頭を抱かせて蓋をし、縄を掛けた。その間に荷車が来た。荷台に棺桶を括《くく》りつけ、

「畳をお願いします。着替えて来ます」

水を浴びて着替えを済ませ、介錯に使った刀と遺髪とを父に渡した。

「化粧砥ぎに出しておこう」

いつに変わりない口調であった。父はすぐ背中を向け奥へと消えた。

庭へ下りて荷車に向かう背に、

「清安寺《せいあんじ》へ運ぶがよい」

いつ又顔を出したのか、父の言葉が掛けられた。振り向いてもその姿はない筈である。

供の一人が、

「一刻半ほどで着くと思いやす」

気を利かしての軽い声に聞こえた。

兄を思いながらの、或いはこのような仕義に至った武家の世間などを考えながらの、濃く、幾重にも重なった想いに脳裡を掻き廻されての道のりになりそうである。無言で兄に語り掛けながらの道中にしようと思った。

「それがしが引きます。押してください。疲れたら代わってください」

見れば判る棺桶を載せた荷車に道行く人たちの目は注がれ、下男を付かせて侍が引いていることも人々の想像を呼ぶのだろうが、掛かる視線を撥ね返そうと、引き手を握る手に力が込もった。

車が小石に乗り、荷が揺らぐ度に後ろを見る。歩くには無理な姿勢を家を出るときから崩さない又助が、棺桶を荷台に括《くく》りつけた縄に手を掛けている。足下は冷たくなってきたが次第に体は温まってきた。車を引く力加減も解り始めてくると、

『さぞお怨みでしょうな。あの瞬きはそれがしに対する……』などと言葉が浮かんできた。

『武士とは、武家とは一体何なのでしょうか』。肺肝を摧《くだ》いて浮かぶ言葉は頭を巡り、『首を斬り落しました。兄上の。時世とはいえ、何と易々と人の首を斬ることが、命を絶つこ

とが出来るのでしょうか』

『「孤狼丸」の切れ味は如何であった』と問われたようにも思った。

沈黙と思考が交互に訪れた。

「もう少しで品川宿に一里の塚が見えるはずでやす。その塚のある辻を右へ四半刻ほど行けば清安寺が左手に見えます」

言われた辻に来た。右へ折れる。既に家並《やな》みは疎《まば》らとなって畑が広がっている中を、次第に大きくなった息を吐かせながら進んでいると、すれ違う人の何人かは手を合わせ、目を伏せて、荷車が過ぎるまで立ち止まっていた。

『兄上、……』。続く言葉が見つからなかったが、後ろにいる兄ではなく天に向かっての無言の言葉となった。

山門をくぐった所で促されるまま力を抜き、荷車が落ち着くのを確かめた。途中何度か後ろから声をかけられたが、道は思っていたより平坦で、引き役は無理せず代わらずに済んだ。

又助が入って行った。寺の小坊主が来て招き入れ、先に立って墓所に案内した。既に掘り空けられていた土の中に棺桶を入れる。土を盛り、盛った土に小坊主が、用意の白木の位牌を差し込んだ。小坊主が唱える経が重い一日の終りを告げた。

日頃の自分に戻り、いつもと変わらぬ暮らしができるようになるには数月を超えて掛かりそうである。

汗が体に貼り付いている。喉の渇きを覚えた。

六

住職始め寺の皆々との新年の挨拶を済ませ、子たちと会す。

兄の首を刎ねたという事実を拭うことはできぬゆえ、心の鬱陶《うっとう》がいつ消えるか測られるものではないが、新たな気持ちを作らねばと思う。

子のひとり一人の名と顔を確かめる。今日は書初めの出来栄えを評す一日になりそうである。

一番の出来と思える、小間物屋の子正之助の作「東雲　曙光」は、日頃紙幅の殆どを使って書こうとするこの子にしてみれば、画数の多い「曙」と他の文字との形の違いをいかに合わせるか大分と苦心したはずである。気に入る黒が出来るまで墨を磨ったと思われ、また、書き始めから終りまで筆圧の一定した、むらの無い筆運びに、短い間の進歩と書道に向かう姿勢が覗える。

「東」の一画《かく》は、起筆からふくらみを殆どつくらずに右へと送筆されている。真上から刺し込むがごとく筆を下ろし、そのまま終筆点まで体ごと持って行ったのであろう。次画の起筆は、初画一の下のどこにするか迷うところである。二画の、やや内側に入る短い送筆ののち、紙面から離れた筆先は縦画を含む三画に向かうが、三画の横画の線質は一画と寸分違《たが》わない。この画の縦画に入る角《かど》に滲《にじ》みがないのは、角で筆はしっかりと止められ、止められたかと思うと、迷うことなく下に送筆されているからである。「雲」の雨冠の点々にも滲みの一つが見えないのは、筆を下ろしたのち素速く引き上げたからであろう。筆先が揺れないように息を潜《ひそ》め、腰に力を入れ続ける、根と気の要る作業である。

「曙」は、偏の「日」を大きく取れば「署」が追いやられ、「日」を小さく書くと、「署」も小さくなる筈である。「曙」は「雲」より多少大きくなるのはよく、画数の多さでごまかさないように丁寧に書かれてある。「光」は他の字よりも心持ち小さめにすると四字全体としての形が整う。「光」の最後の撥ねにはやはりこの子の性格が出たようで、終筆部をどこに置こうとしたのか判然としないほど大きく上に向かっているのが力強い。「風信帖《ふうしんじょう》」など著名な手本の臨書は大事であると思うが、この作のように闊達に書かれた作を見ると、教える者が教えられることの道理を感じ、種々の時や所で、心の広がりを誘起する事象に数限りなく接したいと思う。

皆の作品のそれぞれを誉め、全部を暫く部屋内に飾っておき、昨年同様、今年も寺内でおこなわれるお焚き上げに供させてもらおうと思う。

ここに通う子たちの殆どは町人の子で、稼業も様々であるが、山菜売りを業としている者の子もいる。家が、山で茸や蕨《わらび》、薇《ぜんまい》などを栽培しているという藤次は春に筍《たけのこ》を持ってきてくれた。その藤次の書した長紙に、小指ほどの焦げ茶の染みが二つ見られた。子の手の甲を見ると全体がささくれ立ったひどいしもやけとともに、切り傷が一つ見られた。火鉢のそばに来させ、手を温めさせた。早速寺の中庭のどこかに植わっていた雪の下を思い出して採って来て、洗って水気を切り、子の両の手の甲に貼って、手拭いを巻いた。

「山開きのお供えを作るとき、鎌で手を切りました」

「とにかくしもやけはおさえないと。傷口が塞《ふさ》がるまで筆はとらなくてよい。その分読みをしっかりするように。この葉を持って行って汁を揉み出し、ときどき換えなさい。手伝いはほどほどにとおっしょさまに言われたと親に伝えなさい」

子らしい、日焼けの色とは違うこの子の熏《くす》んだ顔色を見ると、食べ物にも気を遣ってもらいたいと思うが、家業の事情から、おいそれと許されるものではないだろう。


子供たちを残して、両側に一列ずつ翌檜《あすなろ》が並び植えられ、石畳が置かれた、指南所と本堂を結ぶ小径《こみち》を通って、道の中ほどに掛かる数寄のつもりの枝折戸《しおりど》を押し開くと、向うから若い侍僧を一人従えた住職仁徹《じんてつ》和尚の姿が見えた。礼をした。

「もう子たちはみな帰りましたか。これを分けてあげてくだされ。供え物の少しです」

侍僧が前に進み出て、両手に余る紙包みを差し出して引き下がった。渡されて手にした重さと包みの大きさから落雁《らくがん》か何かの菓子と窺える。

「頂戴いたします。きっと喜ぶと思います」

「何かご用でも」

「手焙《てあぶ》りが一つ余っているようでしたら、お借り受けしたいと思いまして」

住職は顔を横に向け、

「用事から帰って来たら、客殿《きゃくでん》にあるのを一つ、指南所の入り口に置いておきなさい。炭も少々」

向き直って、

「よろしいかな」

「ありがたく頂戴いたします」


長屋にもどると、しばらくして戸を敲《たた》く音がした。開けると女親と十二、三の娘の二人連れが立っていた。親も子も長屋に住む顔見知りで、顔が合えば挨拶は交わしている。母はきく、子はきみの筈で、きみの兄弟が何人いたか憶えてはいないが、皆奉公に出ていると聞いたことがある。きくの亭主は、所はどこか不確かであるが、屋号を「染清《そめせい》」という染物屋の手代をしている三次郎の筈である。母親はこちらに向かって深く頭を下げた。娘もそれに倣《なら》った。しかし娘は片方の足を庇《かば》うような礼の仕草であった。見ると足袋を履いていない左足に白布が巻かれていた。大分と痛かったのであろう、目に涙の跡があった。

母親に訊いた。

「いかがなされた」

「家で何かの拍子に足の甲を打ったようです。少し腫れているのですが、明後日から信二郎屋という浅草の米問屋に奉公に出ることになりましたので、その前にご挨拶にと思いまして……」

「それはご丁寧に。お寒いでしょうから中へお入りください」

「いえ、こちらで……」

「足の怪我は大分のものと見受けました。何かしてありますか」

「やぶからしの根を塗りました」

「いまどきよくありました」

「夏に採って、濡れ縁の下においときましたのが、腐りもしないで忘れたころ役に立ちました」

単に布を巻いただけではなく一応の処置はしてあるようである。こちらも大した薬を持ち合わせているわけではなく、懐紙に小銭を包み娘に手渡した。娘の顔にいっ時明るさが射した。子らしい短い礼の言葉と、二人しての礼に、

「体が冷えます。もうお帰りなされ」

追い立てるように二人を後ろ向きにし、あとを見やった。引き戸を閉めようとする音で、もう一度振り返ってこちらに礼をする二人が目に入った。

手に残る斬首の感覚は日とともに弱くなることはあっても、消えることはない。しかし、今日いち日《じつ》は一日として過ぎた。

朝方夢を見た。辺りに細かい霧が立ち籠《こ》めて雲の中にいるようである。よく解《ほぐ》した真綿を敷き詰めたような地面に白装束の兄が立っていた。白い布に包《くる》まれた、赤子らしきを抱いている。あれはきっと、生後十月《とつき》ほどで肺患で死んだと聞いている長男千代志《ちよし》であろう、と想うと、自然に自分の手が何かを抱えるような形をとり、腕の中に子があった。寝ている。その子の顔を、袖から出た手を見、温もりを確かめようとすると、子はこちらの手の中から消え、兄の手元に戻っていた。

兄の傍らに父が立っている。こちらを見据えている。霧が一段と濃くなり、目を見開こうとすると皆の姿は消えた。

目が覚めた。夢は、思い出そう思い出そうとしてやっと脳裡に蘇《よみがえ》るものであるが、この夢は瞼を閉じると、現《うつつ》に起きた事象のように顕《あらわ》れた。

頭の隅が小さく混乱し始めたように感じた。今、暮らしに大層な変化はなく、この先も冗長な日々が続くだけと考えると、この混乱は何かの因果を持ち、そうであればそれが明らかになるまで続けばよいと思った。


この年初めて子たちと遠出をした。十二、三人が集まった。

品川宿を過ぎた辺りで、この国ではついぞ見られぬ、黒服に肩や袖に金筋の縁取りをつけ、腰には赤布を巻いた衣装の一行がこちらに向かってきた。二台の牛車を従えている。

これは蘭人たちの江戸参府と思える。年に一度江戸表に出向き、将軍に謁見を申し出るものである。行列が更に迫ってきた。

「白鬼や」

子の一人がいった。

「赤鬼もおるぞ」

「烏《からす》天狗もや」

普段無口で、遊ぶときも皆のあとばかりを追っている塩屋の娘けいがそばにいる。身を屈め、耳元で、

「燃やして色をつけたのか、髪の毛がやたらに紅い人がいる。触ったらどんな感じだろうか」

子は俯いてしまった。さらに身を屈め、

「優しい顔をした鬼だ。髪も柔らかいのだろうか。触ったらどんな感じかな。温かいだろうか。どう思う。触ったら――」

娘は思い切ったように、

「触ったら。触ったら。……きっと熱いと思います」

言って両手で目を覆ってしまった。細い項《うなじ》に手を添え、

「かえって冷たくしてしまったか」

娘は頭を横に振ったが、すぐ離した。

道端に見物人が多くなったのを見計らってか、先頭の何人かが手にしていた楽器を口に当てたかと思うと一斉に吹き鳴らした。

異国の人種を初めて見る上、突然の音に子供たちは声を上げた。

それにつられたわけではないと思うが、胸の中が少し高まったような気がした。

二つ三つのことが一度に頭に浮かんだ。順を決めれば、事の軽重は自ずと決まるを待つ、としようと思った。

一行は城下で定宿としている長崎屋に逗留する筈である。長崎屋に足を向けてみるのが

何かの一歩と捉え、展がりはその場まかせと、嘗てなかったような気持ちを持った。

店構えを確かめ、軒先で奉公人あたりに声をかけたとき、奥に通じる来意をどうするか、先ずはそれからになろうか。先日の夢見から生じた混乱が、道筋がつけられ収まってきたような気がした。

七

「顔が真っ赤になってるじゃないですかえ。ながいことこんな恰好させて」

本町に足を踏み入れて「伊勢越」の招牌《かんばん》を置く呉服屋の前を通ろうとすると、年若い、奉公人らしきが伸ばした両腕に反物を下げていた。声を掛けた女の側には年は四、五十の小太りの男が立っている。ひと目でそれと解る二人の間柄である。濃い口紅と、襟足を殊更広くとったその女は、

「二反とも買います」

店に向かって声をかけた。

慌てて出て来た店番は頭を下げながら、子の腕から反物を外した。側の男から金を受け取る店番の一人にも、

「こんなことさせて」

側の男は子にも小銭を渡した。

子に言葉の一つでも掛けようと思ったが、長崎屋があるとする本石町《ほんごくちょう》への道を続けることにした。

呉服通りの一角に、着付けに使う小物を並べる店があった。さして忙しそうにも見えないその小間物屋の一つで道を確かめようとしたところ、中から一種腐臭とともに、異様な出で立ちの男がでてきて肩が擦れ合った。店から出て来た主あたりがその背中に二、三度頭を下げた。足速に去っていく男の後姿が、声の届かない程合いになったとき、

「近頃あの手が多くて困ります。……」

大刀一本を腰に差し、髪は纏めて上に伸ばして、元は白かったのが垢や埃で茶灰色になったと思われる厚地の単衣《ひとえ》に、汚れた赤の博多帯を巻いていた。異臭がまだ残っている。

「十日に一度はたかりに来ますのですわ」

「聞くところの傾《かぶ》き者《もん》でしょうか」

「町奴《まちやっこ》も褒めたもんではございませんが。あれらは更にたちが……」と始める男に、

「本石町へはそこの角を左に折れ、筋二本を渡れば……」と示された。

夕暮れが迫っているが長崎屋の店前には何台もの荷車が並び、周りの店に比べ人の出入りも際立って多い。客なのか使用人なのか判りにくく、忙しそうに立ち動く中の一人を掴まえ、

「蘭書など置かれているようでしたら、拝見仕りたいのですが」

「左の奥に書棚がございやす。お代は一つ一つの書の下に書いてありやす」

いわれたとおり入ってみると、六尺四方の間仕切り内の書架には、疎らながら蘭書、唐書、目にしたことのない字面の書が数十冊背表紙を並べていた。

そのうちの一つ二つを手にしてみた。解読に近いものであろうが、解りはじめれば別な世界が拡がりそうに思える。

いきなり背後から手が伸びてきて手にしていた書を取り上げた。振り向くと背の高い、異国の若者が何やら喚《わめ》くように喋っている。その音声《おんじょう》を聞いてか、店の一人が駆け寄ってきた。

若者の腕をなだめるように摩《さす》って書を受け取りこちらに返した。

「ちょっと目を離すとよく無くなりまして、このところ……。折角持ってきたものなので大分と気が立っているのでしょう」

「不用意に手にしてしまったようです。お値段も解りましたので、近々またお邪魔したいと思います」

かれらが長い海路の末この国へ来るのは単に文化を交流させるためでなく、貿易のほうが主になっている筈である。長崎での逗留の金や江戸への路銀も作らねばなるまい。長崎屋へ既に売っているのか、売れたらいくらなのか判じ難いが、大切な品々に違いはない。

来意も訊かれずに簡単に店中に通されていささか拍子抜けの感は、この次来訪するときの気軽さに代えられると思い、店番の愛想笑いを背に今日はそのまま帰ることにした。

陽が一層傾いてきた。両を築地《ついじ》に囲まれた筋を通って長屋への道を辿っていると、その切れ目から若い娘が走り出てきた。こちらに向かいながら、

「お助けくださいい。お武家さま、お助けくださいませ」

叫びながら後ろに回った。そのあとを、暗い中でも派手々々しい、上は萌黄色《もえぎいろ》の袷《あわせ》、下

は臙脂《えんじ》の袴という元服を過ぎたあたりの若者が追ってきた。若者が怒鳴った。

「こっちへこい。出てこい」

更に近づいてきて柄《つか》に手を掛けた。

「おのれ、邪魔立てする気か」

刃圏《やいばけん》に入ってきた。

「ちばとうごろうの三男……」

といったところでこちらも下緒《さげお》を解き鯉口を切った。

「狼藉もの」

抜いた刀を袈裟《けさ》斬りに振り下ろそうとしている。金目当てか、或いは問答無用の辻斬りか。

こちらも抜刀しようと思ったが掴んだ鞘口《さやぐち》が定まらない。連《つる》んでの仕業か。娘が鞘胴《さやどう》を握って邪魔しているに違いない。

若者の刀が振り下ろされる瞬間、鞘ごと抜いて鍔で刀身を受け止めた。刀勢には十分な殺意が籠もっていた。

近過ぎる間合いに迷うことなく小刀《しょうとう》を抜き、薙《な》ぎ払った。短い切り筋ではあったが、噴き出る血と痛みは予想以上に慌てさせたようだ。

「おのれ……」

言いながらこちらを見据え、もう一振りを試みようと体勢を作ろうとしている。が、痛みが激しいとみえ体の中心が定まらない。それでも力を振り絞っての一刀を仕掛けてきた。

小刀を捨て、大刀を抜ききざまの一剪は切っ先まで横胴を斬り抜いた。

若者はこちらに体を預けるように倒れ込んできた。しばしの呼吸は次第に小さくなった。

振り向くと娘は地に膝をつけて震えていた。

呼吸が整うのを待って側に行き耳元で言った。

「屋敷に帰ったら、今あったことをそのまま伝えなさい」

娘は小さく頷いた。

若者の風体から、遊び盛りの年頃には、家からの捨扶持では何をするにも到底足りず、こちらの懐を狙ってこのような暴挙にでたのであろうか。時勢は、武家うちの行き場のない次男以下も多く作ろうとしている。

八

　このところの天気では小宮尻湖に足を向ける気にならないが、空竿《からざお》と床机を持って、指南所へはもう一足のところで、子の何人かが寄ってきた。纏わるように歩きながら、

「鯛でも釣る気かな」

「湖で鯛が釣れるもんか」

「そりゃわからんぞ。腕は確からしい」

「鯨でも釣るかもしれんぞ」

　陽射しが多少強くなり空気に暖かみが含まれるようになったが、未だ寒さのほうが勝《まさ》っている。しかし、男の子らしい言葉に唇は緩む。

　稽古を終えて戸締りをしていると、声で判る木登りの名人が高いところから、

「お城の方で白い煙が立っているぞ」。大声を下に放った。声の主は、柿の木の上の方で、

見れば、ひと動きする度に枝が撓《しな》っている。

「火事かもしれんぞ」

「雲と間違えてんじゃ」

「大きいか」

下とのやりとりをしていても、子が一方向を凝視しているのが気になるが、風は冷たい。

「一旦下りて体を温め、もう一度登ってみてはどうか。煙の具合も教えてもらいたい」

下りてきた子に訊くと、「お城にかなり近いところで、根っこは黒いけど白い煙を吐き出している」とのことである。

「火は」

「屋根に邪魔されているのか、はっきりは見えません」

もともと木で築《つく》られ紙で繕われたうえ、瓦葺を禁じられている江戸の町は、字のほうが後から作られた「莨《たばこ》」の、禁令をくぐってのこのところの流行とともに火事は更に多くなっている。

数町《ちょう》、数字《あざ》を焼くほどの大火に至りそうであれば火の見櫓《やぐら》を持つ大名から町名主、町名主から大家などを経て長屋などへ使いが走る手筈になっているが、町場の火消し体制はまだ整ってない。

寺の誰かに煙の件を伝えるよう子の一人にいった。本堂の天窓からは城付近の様子が見て取れる筈である。

しばらくして若い僧が、確かな火は見えないが、子のいう煙の状況は本当で、今晩は様子見のため交代で見張りを立てることになったと伝えに来た。

番屋にもひとこと言い置こうと、一声かけて小屋の戸を引くと、横になった白髪混じりの男が目に入った。

傍らに大小が置いてある。そばに端座していたお従《つ》きの者らしきがこちらに気づいて一礼した。

訊く前に酉衛門《とりえもん》のほうから小声で、

「お邸への帰り道、この近所で急にご気分が悪くなったそうで、しばらくお休みいただいているところでございます」

静謐《せいひつ》を守って酉衛門に近づき耳元で、既に何か施してあるかを訊いてみると、「まだ何も……」とのことであった。

居部屋に戻って買い置きの薬を持ってきた。今度は松太郎《しょうたろう》爺が、処方などあとを引き受けると申し出て薬袋を受け取った。

九

小堂の前で立っていた男の肩に、一陣の風が、含んでいた桜の花びらの幾枚かを振り掛けた。近づくにつれ男は頭《こうべ》を垂れた。静かに口を開いた。

「お呼び立ていたしまして……」

「ご主君の容態はその後いかがいたしましたでしょうか」

「番屋の皆さま始め大変お世話になりました。こちらのお部屋をお借り受けいたしております。お運びいただけますでしょうか」

男は戸を引いて先んじて入った。寄り付きの間の戸も開け側でかしこまった。中には住職ともう一人が座っていた。

住職と向き合う老客の銀糸を縫い込まれた羽織には見覚えがある。

住職に坐所を示された。

二人の間には一冊の厚手の本が置かれていた。座るとすぐ老客は名乗って、続けた。

「先日いただきました薬湯はことのほか効きまして、小半時も経たずに起き上がれるようになり申しました。早速ご挨拶旁々《かたがた》おん礼申し上げたくお邪魔させていただいている次第にございます」

こちらも家なりを述べ名乗ったが、老客の名「ちばとうごろう」には確かな聞き覚えがある。

住職に促された。

「お手に取ってみなされ」

革表紙の重い本である。開いてみると、蘭書らしいことは解るが内容については理解のしようがない。人体の図が繰り返し描かれてあった。

しかし字面を追ってみると一字一字が体に入ってくるような気がした。いつの間にか膝の前に来ていた茶を見て、書から一旦目を離した。

「お気に召したでしょうか」

「知ってみたい世界がこの書から広がるように思います」

が、このまま口を噤《つぐ》むわけにはゆかないことの経緯《ゆくたて》も感じていた。

「ところで――。ご三男は萌黄色の着物をお持ちではないでしょうか――」

老客は一瞬視線をこちらに向けた。すぐ元に戻した。

「三男宗知佳《むねちか》は流行病《はやりやまい》で亡くなりました」

「流行り病で……」

横顔を見て大凡《おおよそ》の察しがついた。それ以上見つめるべきではない、言葉も続けるべきではないと思った。

「その本はそれがしの三人の倅《せがれ》のうち次男、或いは三男が興でも持てばと思い、当家への蘭人たちの廻勤《かいきん》のとき手に入れたものにございます。しかし、訳本がないためもあってか、一向に……。一度の見向きもいたしませんのです。

番屋の方からこのお寺、ご貴殿のことを聞き申して、もしお気にいりいただけばと思い持参いたしました」

初めて長崎屋に足を向けてからおりにつけ気にし聞き及ぶところは、毎年阿蘭陀商館長加飛丹《かぴたん》率いる江戸参府の蘭人たちが将軍に拝礼する際、長崎屋に逗留し、城内諸事に通ずる代々長崎屋当主源右衛門《げんえもん》の先導と随行でことは進められるとのことである。「廻勤《かいきん》」は一行が、将軍とその世子に対する拝礼ののち城を辞し、老中はじめ高役の宅を訪れ、拝礼が無事済んだことの礼を述べる挨拶廻りを指す。

そのおり土産物として持参される品々の中にこの書物があったとのことである。

「当家に限らず返礼にはいつも気を遣います。――」

一行の、暇乞《いとま》いのための再登城の前日江戸番大通詞《おおつうし》の一人と、長崎屋源右衛門とその手代たちが暇乞い次第の打ち合わせをし、廻勤済みの各役宅に使いを出して、返礼の品なりを一行に届ける手順や饗応の内容を確かめるのである。千葉家は徳川家高役の家臣と窺えるに充分の家柄と思えた。

この書を携えて長崎屋へ赴けば自ずとこちらの素性も測られ、訳本を得るのは難しいにせよ、適切なる辞典や、大通詞には届かずとも、在野の蘭学の師の居所でも知られる筈である。

――本石町へは小半時の途次、空気に熾火《おきび》の臭いが漂いはじめた。歩を進めるごとに強くなってくる。

両に、白塀の土蔵が連なる筋を過ぎると臭いは更に強くなってきた。

視界が急に拓《ひら》けたと思ったのは四、五町に及ぶ建物が焼け落ちて、数本の焦げた柱が残っているだけの光景が目に入ってきたからである。

火事はこの筋を中心としたらしい。水を被《かぶ》った焼け木の、当分消えそうにもない強い臭いが辺りを覆っている。ときおり熾火の臭いが流れてくるが長崎屋近辺は無事であった。

店前は先日と変わらない人の混み具合である。

「紹介の状でもお書きいたしましょう。……」

という千葉殿の申し出を丁重に断り、

「ご返却のほうは……」

「こちらから催促することはございませんので」と言われた革表紙の本も携えなかった。

店は余程のことがないかぎり客を選ばないとみたからであるうえ、近在の通詞なりの居所をおしえられておとずれたところすぐさまの目通りは叶わないのは当然と、何度門前払いを喰らわされても通いつめる気でいたからである。

玄関先にきたところ、蹴り出されたのか、奉公人らしきがいきなり背中から飛び出てきた。

この季節に半纏《はんてん》に白足袋、雪駄《せった》だけという出で立ちの二人が手代あたりに怒鳴っている。

二人とも帯の背に鳶口《とびぐち》を挿していた。首から胸元にかけて塗りたぐったような刺青が彫られている。

火事が広がり、奉書などの火消しが出張るまで江戸ではこのような、もともと命知らずの人間の多い鳶職人が火延べを抑えることが多い。しかし、関わる家や店に対する強請《ゆす》りや集《たか》りの種でもある。

怒鳴っているのは、この度の火事がこの店に及ばなかったのは自分たちが火止めをしたからで、礼がこれでは少な過ぎるといったところである。店の男は何度も頭を下げているが埒《らち》が明かないらしい。

その声を聞きつけたのであろう、中から異国の青年が出てきた。先日の若者である。手に短銃を持っていた。二人の相手をしていた店番は蹴り飛ばされた。若者は銃口を鳶の一人に向けた。鳶は二人とも銃に向かっていった。その場の気配は一気に緊張した。

「この店でこれ以上の稼ぎは無理かと察しますが」

言われた方の鳶がいきなりこちらの襟首を掴んで、投げ飛ばそうとの力を加えた。その手首を捩《ねじ》って外したところ、力の加減でこちらの半身が短銃の筒筋に掛かった瞬間、銃口が火を噴いた。

胸に強い衝撃を受けた。両の耳に錐が突き刺さったような気がした。二人が若者に飛び掛ってゆくのが見えた。しかし視点が定まらない。膝の力も抜けてきた。体を立て直そうとしたがかえって平衡を崩し、土間の地面に突っ伏した。辺りが急に暗くなってきた。胸の辺りが冷たく感じるのは血が這い出してきたからであろう。目を閉じてはならないと思った。

福島　佑一（ふくしま　ゆういち）

1948年生。サラリーマン生活を経て65歳の時、時代小説『雪解雫（ゆきげしずく）」を㈱日本文学館から刊行。本作『沈黙の海嶺』は2作目。

沈黙の海嶺

2020年11月16日　第1刷発行

著　者　福島佑一
発行人　大杉　剛
発行所　株式会社 風詠社
〒553-0001　大阪市福島区海老江5-2-2
大拓ビル5-7階
TEL 06（6136）8657　https://fueisha.com/
発売元　株式会社 星雲社
（共同出版社・流通責任出版社）
〒112-0005　東京都文京区水道1-3-30
TEL 03（3868）3275
印刷・製本　シナノ印刷株式会社

ISBN978-4-434--28209-6 C0093